U0008626

「霜子洶湧澎湃的話不少，很適合說一個又一個故事，
重點是她的熱情還在，這才是一個寫作者能夠穿越時代的力

名作家蔡智恆 強力

藍色

霜子——著

從窗戶裡頭可以窺見遠遠一方的建築、另外一個矛盾的走廊。
我總是在這裡，眺望著那個熟悉的走廊、那間熟悉的教室。
好希望他能在我窺探的時候，從教室裡走出來，走過那條長長的走廊，好讓我的眼光能追上他的身影……
窗外的天空是藍色的，澄澈到近乎奢侈的藍，淡得就像是沾了水的薄薄顏料，卻又濃得化不開。
我在這樣的藍天下，趴在這裡的窗口，偷偷望著那裡的窗口。而他大概永遠也不知道，我是這樣地想念他。

一推薦序一

熱情，讓創作者穿越時代

認識霜子是一九九九年的事，她剛在BBS寫完《破襪子》，很受歡迎。不過我們沒有太多交集，頂多就是之後彼此又連載新小說時，用文章回應一些心得或是寄來催稿信，這是那時在BBS上寫小說的人正常的相處模式。

當時BBS上的小說寫作者多數念理工，念醫農法商的也不少，還有人是part time的殺手。霜子這個念中文系的女孩因而顯得特別，像是在一群江湖幫會人物中，出現了一個名門正派的俠女。霜子的創作量很大，速度又快，往往在短時間內生出一部長篇，而且想寫就寫、想停就停，似乎感染了我們這群人的江湖氣息。

很多人以為在網路上寫小說的人彼此應該很熟識，常常見面聊聊文學或是一起到山上品茗、揮毫、彈彈古箏或在山壁上留下詩句之類的雅事。但事實上，由於網路使用者來自四面八方，彼此常身處不同城市甚至不同國家，能見面的人算是少數，即使見了面也只是做些吃飯看電影之類的俗事。

十年過去了，當時因為網路而結緣的朋友，大多數到現在依然沒有見過面、聽過聲音，你在對方心中的樣貌和談吐一直都只是你的文字，從沒改變過。

霜子算是例外，我們見過面，那是二〇〇二年的事。那年我們應邀一起到馬來西亞演講與座談，我們獲邀的理由不同，我是因為長得帥，霜子則是因為小說寫得好。演講的內容我幾乎忘光了，大概是些要年輕人抬頭走向朝陽之類的熱血呼喚。我唯一清楚記得的是在車上目睹路旁的森林無預警冒出濃煙，然後是熊熊烈火。

當天晚上剛到飯店，等候check in的空檔，我看見霜子仰頭看著飯店大廳天花板上懸掛的水晶吊燈，陷入一種沉思狀態。我走過去叫醒她，她回神後滔滔不絕說著下午那場森林大火讓她領悟了很多東西，然後很慎重地請我幫個忙。

「什麼忙？」我問。

「這對你而言可能微不足道、可能只是舉手之勞，但對我而言意義重大。我很難啟齒，但情況是如此窘迫，我不得不用盡所有勇氣開口……」

「要我幫什麼忙？」我又問。

「我一定要告訴家人我內心的這種澎湃、這種洶湧，不然的話，我一定會淹沒、會滅頂。像是一個孤苦無依的三歲小孩在一片黑暗中摸索前進的方向……」

「到底要我幫什麼忙？」我問了第三次。

「能不能借我手機？」霜子的聲音幾乎細不可聞，「我想打電話回台灣。」

我立刻掏出手機給她，然後趕緊跑掉，以免她又要說些洶湧澎湃的話。

兩分鐘後霜子把手機還我，問：「這樣要多少錢？」

我隨口笑說：「一千塊吧。」

回到台灣後，霜子託人拿給我一千塊。我嚇了一跳而且很納悶，照理說正常人都應該知道我只是開玩笑而已，霜子卻當真。莫非是因為我太偉大而且有深邃的眼神，以致我講的話都會像是太陽般閃閃發亮的真理？還是因為霜子只是單純的好騙？

我想答案應該是後者。

經過這麼多年，不知道霜子是否依然容易被騙？時間是很強的腐蝕劑，很少人能在時間的流逝後，保留完整的純真。當初在網路上寫作的那群人，大多回到各自的專業領域，即使是 part time 的殺手也變成職業的了。然而霜子沒有退路，她的專業就是寫作。

《藍色》的場景就在上個世紀末的大學校園，某種程度上記錄了當時大學生的生活形態，即使被歸類為愛情小說，也是很真實的生活化小說。不像現在流行的愛情小說常是唐朝公主突然出現在你房間，然後問你：「皇上在哪兒？」當然她一定會在不適應現代科技生活與迫切想回唐朝的心理壓力下，毫無天理地愛上你。或是你走在路上，撞到一個來自亞蘭奧特斯．阿瑞姆佛利，名叫絲琪勒雅瑪莉娜的女孩，她可以用咒語呼喚亙古黑暗世界中的各種魔獸，雖然你不知道她的名字為什麼要那麼怪那麼長，但最後她也一定要愛上你。

《藍色》的故事很簡單，就是你我周遭會聽到甚至遇見的故事。

看完《藍色》後，我問了霜子一個深奧的問題：「為什麼是蔡明亮而不是侯孝賢？」

霜子巴拉巴拉說出一長串話，翻成白話文的意思就是她寫作時不知道蔡明亮是導演，並警告我不能寫出這段。

「我喜歡藍色，而且也姓蔡呢。」我又說。

「夠了喔！」

霜子成熟了，已經敢開口恐嚇一個偉人了。而且她洶湧澎湃的話也不少，很適合說一個又一個故事。

重點是她的熱情還在，這才是一個寫作者能夠穿越時代的力量。

蔡智恆

—作者序—

路還在走，故事還會繼續

《藍色》原本寫於二〇〇一年夏天，而出版時間卻是在二〇〇九年。

我們常常說「時光飛逝」，但時間是怎麼流逝的，卻很難體會得到。只有在這種時候，當我回頭去看，許多年前自己寫過的故事時，才能體會「哇，原來，這麼多年過去了」的驚訝和感慨。

為了出版它，我花了一段時間回頭改稿，改完之後，自己覺得好像被剝了幾層皮一樣。這種感覺，就像是歷經滄桑的老太太回頭去看十七歲時寫的少女日記，很天真、很可愛，但也很令人無言以對。

即便修稿，但老實說，我仍然對故事不甚滿意。按照我原來豪氣且狂妄的想法，應該要把整個故事都打掉重來，但時間和精力都不允許我做這樣浩大的工程，所以，只能把這念頭付諸遺憾。

不過，有點遺憾，也是好的。

我想，如果真的把故事打掉，重新寫過，新的故事一定更符合我期望的標準，它應該會是一部很不錯的小說，可是，那就不是我二十出頭時寫的《藍色》了。

在修改《藍色》的同時，我也正在進行一部更龐大的長篇小說，因此，能深刻感受到過去和今天，自己在寫作上的變化。

雖然都是第一人稱的小說，雖然新的故事，主角也是從大學時代開始發展，雖然故事長度同樣縱橫十年，但我寫出來的，卻是兩部完全不同的小說，且不說寫法，就連用詞遣字都和《藍色》不大相同。這種截然不同的差異，更讓我感受到變化的存在。

人是會改變的。隨著年歲增長，閱歷漸深，看事情的態度和想法逐漸變得不同。還記得當年寫《藍色》時，我非常年輕、容易受感動，一些段落都曾讓我掉過眼淚，不過現在看起來，卻有種少年不識愁滋味的趣味。

一直覺得人生是一條單行道，只能前進，不能後退，偶爾回首過去，檢視自己走過的那段路程，想一想，不管好的壞的，都心存感激。

有人靠寫日記記錄喜怒哀樂，有的人靠照片留下回憶，而我和大多數的人都不一樣，我沒有耐心每天勤寫日記，也不愛拍照，但我寫故事。每個我認識的人、每一段我經歷過的人生、每一步我走過的路，都留在小說裡，可能換一個姿態，用不同的樣貌呈現，但在我看這些故事的時候，心裡記起的，是那些經歷過的人事物。

這個故事的出版，要謝謝很多人，有些是在網路上，從貓園時代，一直跟著我走到今天的朋友，如果不是你們一再地提起《藍色》，催促我將它出版，它不會成書；還有怡君，如果不是妳幫我轉介稿子，這個故事，大概會繼續躺在我的電腦裡；當然，還有新合作的如玉，如果沒有妳的監督，我改不完這份稿子。

我始終深信，能夠說故事，是老天給予我最貴重的一份禮物。還記得，第一次寫故事，是在一九九九年的春天，而今年，是二〇〇九年。十年過去，謝謝天，我還是一個說故事的人，還有故事沒說完，還想要繼續說下去……

霜子　二〇〇九年二月二十三日

如果一定要說什麼對大學時代的回憶，我只記得窗外凌晨時分的朦朧大霧、早晨冷冷的風、初春櫻花沿著崎嶇山路綻放，以及電腦黑底白字的視窗裡突然出現的，他的問候。

「妳好嗎？」

「今天過得怎樣？」

「又降溫了，記得加件外套。」

我深深懷念著這些過去。

寫這篇小說的時候，我已經揮別了那座山頭，和曾經經歷過的青春歲月，獨自住在這繁華城市的小小角落。白天穿梭在人群裡，爲了五斗米折腰；入夜後給自己泡杯茶，讓熟悉的香氣陪伴長夜裡慣有的失眠。

入睡後，偶爾還能夢見自己回到熟悉的校園，後山淙淙流水的溪谷，散發著草的味道、花的香氣，綠樹枝頭綿延交結、無限寬闊的山陵縱橫起伏。

系館長長的水泥走廊上，大大的窗戶一扇又一扇地開著，從窗戶裡頭可以窺見遠遠一方的建築、另外一個系館的走廊。

我總是在這裡，眺望著那裡。

那個熟悉的走廊、那間熟悉的教室。

好希望他能在我窺探的時候，從教室裡走出來，走過那條長長的走廊，好讓我的眼光能追上他的身影。

如果能有這樣的偶然，如果能有這樣的巧合……

我那樣期盼，就像是小孩子等待著一碗甜美布丁般地執著守候。

窗外的天空是藍色的，澄澈到近乎奢侈的藍，淡得就像是沾了水的薄薄顏料，卻又濃得化不開。

我在這樣的藍天下，趴在這裡的窗口，偷偷望著那裡的窗口。

他大概永遠不知道，我是這樣地想念他。

但曾經遭遇過的經歷，心都會記住。

※

上大學的第一天，我爸幫我把行李打包，連著我的人，一起送上山來。

「好啦！妳學校不錯。」他四處張望，點點頭，很滿意的模樣。「就這樣了，剩下的妳自己會處理吧？我還要開車去還給同事呢。」

「再見。」我目送他開車離去，車屁股繞過了兩道彎彎的山路，消失在綠色樹蔭之後。

回過神來，我提著笨重的行李，一推一拉地往新生報到處移動。那不是一段短路程，況且整個學校依山頂而建，到處都是上上下下的斜坡。我依照牆上臨時貼出的標示箭頭繞了兩圈，不知道到底是哪裡出了錯，竟發現自己又回到了原點。

因爲是新生報日，身邊擠來推去的都是一臉青澀稚氣的學生，他們和我一樣，身後拉扯著成箱成袋的行李。然而不同的是，他們的身邊都有自己的家人，三五成群地陪著。

我不知道自己爲什麼會萌生這樣的念頭，但在他們熙熙攘攘的笑語聲之間，我覺得自己活像是隻落單的老鼠。

其實這已經不是我第一次離家住校，早在高中時代，我就已經習慣住校的生活，整整三年時間，住在教會學校的宿舍裡，有時候甚至連寒暑假也不願意回家。

不能說我討厭家庭，只是，我更喜歡外頭的世界。

我總覺得，我身上有種叛逆青春期殘留的餘毒，和家人的關係，總有點格格不入。我喜歡自由、喜歡無拘無束，但回家就一定有拘束，所以我能不回去就不回去，總是找藉口待在外頭。

和其他同學相比，我很少想家，那也許是因爲我一直沒能眞正的離家太遠。從小到大，我都在台北讀書，我的家也在台北，眞要回家，頂多就是一個小時的車程。離家近，就不容易想念。

別人怎麼想我不知道，但住校是件有趣的事。天南地北、來自不同家庭與環境的人群聚在一處地方，於是能認識新朋友、接觸新世界。高興的時候，我可以跟身邊的同學一起笑，不開心的時候就縮進棉被裡。這樣過了三年，我有自信比同年齡的人更獨立堅強。

爸媽也很放心，他們認爲我可以打理任何事。

「像辦註冊手續這類的小事情，妳要人陪嗎？」

「不需要。」我斬釘截鐵地說：「我自己可以做好。」

「那好，就交給妳了。」爸把所有的證件交給我。

所以他可以輕輕鬆鬆地開車下山，而我得面對找不到新生報到處的窘境。

不知道爲什麼，當我一個人眞正獨立自主的時候，卻又期望老爸能留下來陪我。眞矛盾，眞的。

身邊的女孩子正噘著嘴和她父母爭辯著宿舍的號碼，而我卻只有一個人，非常寂寞。

我沒敢跟爸媽說，其實我也想要他們陪，那太丟臉了，而我的自尊心不允許我低頭承認自己還是個小孩子，也會怕孤單，也會感覺到寂寞和不安。

我覺得手上的行李很重很重，像塊沉重、屹立不搖的大石頭。我有點慌，找不到方向，又只有一個人，有點著急、有點手足無措、有點想哭了……

然而這是一個快樂的新生報到日。屋外日頭炎炎，九月明媚的陽光和溫煦和風徐徐吹拂，每個人都露出最快樂最興奮的神情，只有我一個人拖著過重的行李，站在不明方向的走廊上，看著四周混亂的箭頭指示，覺得，自己是笨蛋。

「新生嗎？報到處在三樓。」我正多愁善感，某人冒出頭來。「來！我幫妳搬。這個和這個給我，妳拿那個吧！」

他幾乎是用搶劫的方式把行李箱抓過來，又拎起我用幾條童軍繩合綁起來的紙箱。

「搭電梯好嗎？電梯在那邊！」

我還來不及回答，他就已經搬著四分之三的行李開步走。

他的腳步很快，我發愣幾秒鐘，然後提起自己的小袋子追上去，然而無論我怎樣追趕，也只能看見他的背影。

那是一個很高的男孩子，他穿著被汗水浸濕一半的藍色棉T恤、綠色的迷彩牛仔褲，走起路來健步如飛，嗓門有點大，頭也不回卻還是繼續和我說話。

「妳哪個系啊……啊！中文系我很熟喔，眞的，妳有很多學長我都認識呢！」他用力地按著電梯按鈕，轉頭對我說：「我室友就有一半是中文系的。」

這時候我才看見他的正面。

哎呀，我該怎麼形容他呢？

我想他不算是一個長得多麼英挺帥氣的男生吧，可是他有一雙非常好看的眼睛。我的審美觀很奇怪，看一個人總是先從眼睛看起，一雙有神的眼睛足以彌補外表上的小缺憾。眼睛是全身上下最不能作假的器官，人可以用嘴巴說謊、用表情虛僞，卻不能遮掩眼神的眞正意圖。

他有一雙讓我覺得坦白無僞的好眼睛，明亮又坦承，目光非常溫和。

他的藍色上衣正面別著白紙紅字的名牌：新生服務義工。

這下我終於明白，他爲什麼要搶著帶路的原因了。

「妳叫什麼名字？」等電梯的空檔，他問我。

「紀筱蕙。」我說。

「筱蕙筱蕙……」他咕嚕咕嚕地重複唸我的名字，就像是在唸一道咒語那樣認眞。「好了！我記起來了。」他拍拍腦袋。「嗯，輸入硬碟，保證不會忘記了。」

我因爲他認眞的動作笑了出來。

「我叫明亮，蔡明亮。」他笑著告訴我。「明天的明，亮光的亮。我是資管系三年級。」

這眞的是貼切的好名字，他的模樣正如他的名字一樣，非常明亮耀眼。

「學長。」我笑著喊。

「嘿嘿！」他很高興，眼睛瞇瞇的。

後來我發現，他眞正笑起來總是這樣，眼睛瞇瞇的，像貓一樣。

那也是個不作僞的動作。

我很喜歡。

明亮學長是我在這個陌生環境認識的第一個人。

而我們之間的緣分曲折離奇、錯綜複雜——我大二的直系學長正是他的室友之一，此外，據說他暗戀我大四直系學姊柳欣宜已經整整三年。「暗戀喔！」直系學長賊笑。「三年來一句話也沒說過，這種耐力眞是驚天地泣鬼神！」

我只見過大四學姊兩次，第一次是在開學後沒多久她召集的家聚場合裡，可是聚會才開始沒幾分鐘，她就因爲事忙離開了。

「學姊是大忙人，她以前是系學會會長，現在是畢聯會主席。」學長偷偷跟我說。

後來趕到的明亮學長與她失之交臂，神情並不好看，但礙於眾人挽留，不得不坐下來。

「蔡明亮，算了啦！」我學長喝醉了，大著舌頭勸他。「好女生哪裡沒有，你看看，我們系上這一屆的學妹也不賴啊！」

莫名其妙的，我的臉紅了起來。

我對學姊的印象單薄得可以，只記得她身材窈窕，一張瓜子臉，動作言談乾淨俐落，非常成熟穩重又大方。

她一直是我想成爲卻無法成爲的那種女人。

「我們這個家族向來都是中文系裡的異類。系上女多男少，我們家族卻幾乎都是男生，今年太榮幸了，除了老學姊之外又多了一個學妹耶！」大三學長阿丁開啤酒喝，不知道爲什麼，他一直處在過度興奮、胡言亂語的狀態。「喂！阿明你不要偷喝我的酒好不好？」

明亮學長趁著別人在說話時，拎了半打啤酒坐到一邊慢慢喝。

我後來才知道，因為家族裡都是男生，每次家聚到最後就會演變成拚酒大會。「學妹妳不會喝嗎？這樣不行喔。大四學姊最會喝，以前骨灰學長還在的時候，三個男生拚不過她一個人。」他們鼓勵我，「妳要加加油喔！」

然而我很不爭氣，接下來四年的家聚，都只能捧著可樂罐作陪。這是後話了。

總之，喝得爛醉的大學生，到頭來都會變成野獸，學長們很快就失態了，有吐的、有胡說八道亂說話的，說有多難看，就有多難看，差不多到互相攻擊、吐槽的時候，也就是獸性大發的時候。

「好了，不要再喝了。」明亮學長一看情況不對，立刻站起來，拍拍雙手，一手一個地把學長們揪回去。

臨走前，他還不忘記回頭安慰我，「學妹，不要擔心，男孩子喝醉，樣子不好看，不過明天就會好多了。麻煩妳收拾一下垃圾，早點回去休息。」

我覺得一個能喝酒的男人很有份量，而一個懂得自己能喝多少，又能控制自己該喝多少的男人，更值得信賴。

我對明亮學長的好感，從這裡開始，慢慢累積。

不過，好感和愛是兩回事。對一個人有好感，未必能愛一個人，有些事情，需要催化劑，而我的感情催化劑，來自於系學會。

從進大學之後，我就發現，很多事情都被安排好了。

譬如說，我莫名其妙多了一個顯赫的「家族」：大四學姊連任兩屆會長，是學會創始元老，大三學長阿丁是現任會長，大二學長瑞峰是副會長，至於我，一進系上，就被看準是下一任副會長。

爲了將來預作準備，我才大一，就接手系學會的總務。

按照學長的說法，這個職位非常重要，管的是錢，而錢是一切的根本，其他人都得看我的臉色，就連底下人手最多的活動組，也要聽我的意見。

但老實說，這個工作，我眞是做得戰戰兢兢。

我是那種從來沒搞清楚過自己錢包裡有多少錢的人，算小錢就已經一頭霧水了，更別說大錢。我向來粗心大意、得過且過，從來沒想過自己有成爲什麼長的一天。但進了學校之後卻突然發現，身邊的人都用期望或曖昧或懷疑或不相信的眼光看著我，把我和那什麼長的頭銜連在一起。

說起來，眞的很煩。

但我既然在這個位置上，就得做該做的事。我出席每週例會、小心翼翼地整理帳目、收集所有的支出發票，一樣一樣仔細塡寫核對。

可是即便如此，我的粗心仍然爲我惹來了天大的麻煩。

那是進大學後第三個月的事，我接總務工作第二個月。

校慶是學校的大事，每個系都會參與。今年園遊會上，系上擺攤，成本當然是從會費中支出。

「筱蕙，」籌備會議之後，阿丁學長交代我，「妳提兩萬塊現金，準備支付材料費，多退少補。錢放在身上要小心一點，知道嗎？」

「知道。」

第二天早上我提了錢，但當天中午，就弄丟了。

這件事情鬧得很大。我提了錢是事實，錢放在我身上也是事實，但錢搞丟了也是事實，而我無法找回來，更是事實。

總之，我不但被罵得狗血淋頭，甚至有人懷疑，是我監守自盜。

爲此，系學會緊急召開臨時會，最後，由主任和幾個老師分別掏腰包，替我把錢補上。雖然老師們相信，但我的人格已經被質疑，這個總務，我覺得已經做不下去了。

可是學長們並不這麼想，按照家族傳承，他們有責任也有毅力要把我推上去。所以，即便撻伐聲不斷，但有會長副會長護航，我這個總務的位置，還是坐得穩穩的。

但我壓力很大。

我總覺得，每個人都懷疑是我偷錢，大家都在質疑我的人格、操守，而我無法證明事實，更不能爲自己辯護，我也沒理由爲自己辯白。

更倒楣的是，我連「引咎辭職」這四個字都辦不到。

而壓垮駱駝的最後一根稻草，出現在事情發生後一個月的例會上。

平常沒有特殊活動時，中文系學會隔週四中午召開一次例會，除了各組組長之外，監督委員和兩個老師也會列席。按照慣例，各組報告最近的工作和問題，中間插入監委或老師的建議，最後由會長總結……總之，例會的長度不會超過四十分鐘。

但這次卻進行了漫長的四個小時。

到了臨時動議的時間，出席的大三監委——個子嬌小，但向來精幹的程韻梅學姊——舉起手來。「我有話要說。」

主持例會的會長點了點頭。

學姊站起來，咳了一聲，先向老師和其他人一一點頭，然後開口說話，一出口就是石破天驚的建議。「我以監委的身分，彈劾總務組組長。」

在座的我整個呆住了。

「總務組組長在校慶期間遺失經費，雖然情有可原，但也該負起責任。系會做什麼事情都要光明正大，對外也要給個交代。總務組組長自事發到現在，一點處分都沒有，什麼責任都不必負擔，這樣對嗎？」她嚴厲地質問。

我低著頭聆聽，心中非常惶恐。

「學妹才大一，就接任重要的學會工作，還掌管至關緊要的學會財務，我覺得，是年紀太小了，又缺乏人帶、沒有經驗，才會出狀況。如果會長當初不執意用大一學妹，而是保留大二的職缺，或許會好一點。」大概是看見我嚇呆了的樣子，學姊口氣溫和了一些，「我建議讓學妹退居副組長，另推總務組長。學妹，妳自己覺得呢？」

我說不出話來，心裡非常害怕。學姊雖然沒說什麼難聽的話，但在我聽起來，字字句句都在質疑我的品格，只差沒明說我已經不適任了。

我慢慢抬頭，先看了看坐在右手邊的學長們，瑞峰學長對我慢慢地搖了一下頭，示意我不要回答。

但我還是出聲，聲音細得和蚊子叫一樣。「我也覺得……我不適合……」我結結巴巴地說著，然後，把事情推向無可挽回的地步，「我對……學會沒有太大幫助……也不適合處理錢的問題，我想、我想……退出系學會……對不起。」

然後，我哭了起來。

後面的會議中，學長姊們在吵些什麼，我都不在乎了，就是哭哭哭，不停地哭。我也不知道自己到底哪裡來這麼多眼淚，一雙眼睛腫得像兩顆球一樣，紅通通的，又刺又痛。

我滿心委屈。這個總務的位置，不是我自己想要得來，也不是我願意擔任的，而是別人給我的，我戰戰兢兢地坐在這個位置上，心中知道，其他人看我的眼光是什麼樣子。他們都覺得，我是靠學長和學姊的幫助，才破格接下二年級甚至三年級才能擔任的學會總務，而我才接手，就不負眾望地惹出麻煩來，更厚著臉皮繼續佔著這個位置不放……

就算別人不說話，我也良心不安。

但畢竟家族的力量強大，況且，我一哭，就有加分效果，最後，例會無疾而終，我的位置仍穩如泰山。

學長們很高興。在他們看來，保住了我，等同保住下一任副會長。

散會後，瑞峰學長拍了一下我的肩膀，稱讚著說：「幹得好，學妹，哭的正是時候，以退爲進，妙啊！」然後和阿丁學長兩人嘻嘻哈哈地走了。

人都走光了，我還坐在空盪盪的教室裡，頂著我紅腫的眼睛發呆。

我覺得……很奇怪，我是眞的覺得抱歉、覺得窘迫、覺得對不起而哭，但對他們來說，我的眼淚卻只是一個手段。

我收拾了包包，走出教室，卻見走廊上，韻梅學姊等在那裡。她的神情嚴肅，看起來對我非常不滿。

我抖了一下，覺得很可怕。平常有兩位學長在，面對監委，我都已經很緊張了，更何況現在沒有人幫我，我不知道她會說什麼難聽話。

韻梅學姊看了我很久，慢吞吞地說：「學妹，我不是針對妳個人發難，而是針對妳疏忽的行爲。妳應該知道，犯錯就是犯錯，不會因爲妳彌補或別人幫妳彌補，就能當作沒有這回事。」她停頓一下，又說：「妳適不適任，自己最清楚。這一次我沒有辦法彈劾成功，下一次，我會在期末的全系大會上再提一次，到時候，情況會比現在更嚴重，不是學妹妳哭一哭就能解決的。我希望，在這之前，妳先想清楚該怎麼辦。」

她說完後掉頭就走。

我的眼淚又掉下來。

太……難堪。

星期四的下午，四點多，長長的走廊上，只有少數幾間教室還有人上課，隱隱約約從教室中傳來講課聲和討論聲。

「所謂中庸之道……」

「採樣數愈高，可信度愈高……」

「With this faith we will be able to hew out of the mountain……」

我在走廊上抹眼淚，想要回宿舍，又怕一路哭回去給人看見，引人注意。最後，我轉向走廊的盡頭，打開大樓安全門，坐在室外的安全梯上流眼淚。

安全梯位於系館的最後方，大部分的人都寧可搭電梯，也不會自找苦吃地走樓梯，平常少有人經過，躲在這裡比較不會被發現，在這裡哭是再好不過了。

我想，哭一哭、發洩一下，然後，擦擦眼淚我可以若無其事地回去。

期末的事情離現在還遠，先不要去想比較好。

但我不能不去想。

我想起剛剛在例會上，學姊疾言厲色的指責，又想到學長們的語氣。他們都以爲我很在乎總務這個位置，也想要當副會長什麼的，可是，這些根本就不是我要的東西，但我卻爲了這些，把臉和自尊都丟光了……

一想到剛才當眾落淚的糗樣，我就更覺得抬不起頭來，哭得更厲害。

所以，當有人拍我肩膀的時候，我的驚愕可想而知。

「妳躲在這裡哭什麼？」聲音很熟悉。

我抬頭，看到是誰，頓時大驚。「學長？」

明亮學長站在一旁，臉上的驚訝不比我少。他低頭問：「怎麼回事？發生什麼事了？爲什麼哭？」語氣親切和緩，一點也不急躁，沒有偏見，只有關心。

這是我今天下午聽到最令人感覺舒服的幾句話了。

我起先還不願意說，但到後來，憋著的委屈就慢慢地流淌出來。我哭著，把所有的事情都講了一遍。我說丟了錢的事情是我的錯，不願意再做總務，可是退不下來，而學姊也不肯放過我，我說，我不想當什麼長，就想和其他人一樣，嘻嘻哈哈玩玩鬧鬧過這四年，我想當台下的人，不想在台上拿著麥克風主持會議，那對我來說一點意思都沒有。

我還說，我沒有成爲領導者的能力。起先成爲總務的時候，很興奮，有種優越感，總覺得自己才大一，就能擔任大二甚至大三學生才能勝任的職務，非常驕傲，可是，到後來我才發現，自己沒有和學姊一樣能幹的本事，也無法延續家族傳統，我大概就是這樣沒用……了。

我花了很多時間，結結巴巴地把所有事情都說了出來，等哭夠了、說完了，天都暗了。

明亮學長坐在旁邊聽，一句話也不說，但也不催促。

等我把事情都說完了，心裡大鬆一口氣，有種痛快的感覺。抬頭看看，只見夜色已經降臨，從安全梯上望出去，校園裡夜燈點點，山坡上的路燈串起一條光帶，一路延伸到山頂上。

這時候我才發現，自己在這裡拉著學長哭了一個多小時。

我覺得很尷尬、很窘、很不好意思。面紙都用完了，只好拿袖子擦臉，又吸了吸鼻子，用很重的鼻音問：「學長，你怎麼會走這條路？」

明亮學長很輕鬆地笑了，「正巧，今天想走路運動一下。」又指著下方山道說：「妳知道這條路可以通往圖書館嗎？我正好要去一趟，才碰到妳。」

我更尷尬了，「我浪費了你的時間啊！」

他想了一下，用很輕快的語氣安慰我，「哪會浪費啊，不要放在心上。妳好多了嗎？」

我點點頭。「我哭一哭就好，沒事了。」

「可是心情還是很糟吧？」

猶豫片刻，我又點了點頭。

「知道我心情不好的時候，會做什麼嗎？」他笑咪咪地問。

我搖頭。

「視聽教室妳知道嗎？」他問我。「在圖書館裡面。我啊，晚上都在那裡打工。我心情不好的時候，就借視聽教室的設備，放自己想看的影片。妳要不要來？我找一部適合妳看的影集或電影。」

「看那個……心情會好嗎？」

「妳把注意力放在別的事情上，就不會那麼難過了。」他停了片刻，又說：「但是，這不是解決問題的方法。」

我咬了一下嘴唇。

「解決問題的方法，要看妳自己……我們邊走邊說好不好？我打工快遲到了。」

老實說，我本來想拒絕的，我想回宿舍去，躲進自己的棉被裡，但明亮學長口吻親切、態度從容，而且，他伸手揉了一下我的頭髮，我就……恍恍惚惚地跟著他走了。

我們下樓，沿著山道上的小路往圖書館方向前進。他一面走，一面說：「妳的問題，很顯然不是出在別人身上，而是妳自己的事。妳想在系學會發展，或者不想，都是妳個人可以決定的，家族傳統啊什麼的，一概鬼扯，那些都是其他人的說法和想法，妳可以不接受的。」

「可是，對學長他們……」

「阿丁和瑞峰覺得保護妳是天經地義的事，妳是小學妹啊，出了問題，學長當然要幫妳扛一點責任。只是，他們也不知道其實妳並不想再當總務了，他們以爲妳是想的，所以才會一直挺妳。如果妳眞的不願意，早點說清楚，大家都可以選擇另外一條路走。」

「那就是要我引咎辭職？」

他哈哈大笑，「那不是正如妳所願？」

「但還滿丟臉的。」我老實承認。

「仔細聽妳剛才說的，程韻梅也不是要把妳斬首示眾，她的意思就是希望妳要負起責任，然後給一點警告。她不是說了嗎？妳才大一，總務組長這個工作，正常情況是由二、三年級生擔任，妳越級上任，壓力自然很大。她要妳退居二線累積經驗，其實也是在幫妳解套呢。」

我仔細想了想，回憶學姊剛才的言語，慢慢的，體會出不同的意思來。

「我剛剛不知道，我以爲……」

「妳以爲她要殺妳一千刀。」明亮學長又是一陣大笑，他拍了拍我的肩膀，說：「知道什麼叫旁觀者清，當局者迷嗎？我，旁觀者，妳，當局者，妳混亂我清醒。我只是點一點妳而已，現在，妳也清醒了。事情沒有糟到無法挽回的地步，對不對？」

我點點頭。「我反應過度了。」

「妳是害怕啊，害怕的時候，人就沒有辦法講理智了。」他帶著我進圖書館，又走到最裡面的視聽教室。

「蔡明亮，你他媽的現在才來！死去哪裡了？知道我等多久了嗎？老子幫你擋了一個小時的班啊！」在視聽教室當班的男孩子見到明亮學長，劈頭就是一頓破口大罵，但看到我跟在後面，剩下的話又吞了回去。

「少廢話，這個小時的錢算你的，明天到早餐吧台來找我，我請你吃一頓特餐。」他在到職表上簽了名，又安排我坐下，轉到後面的資料櫃去翻找了一陣，探頭出來，問：「學妹喜歡看什麼？」

「都好。」

「都好？好可怕的答案，完全沒有範圍可言。」他喃喃自語，聲音從裡面傳出來。準備離開的男同學看了看我，又看了看埋在資料櫃裡找東找西的明亮學長，大聲說：「這是哪個系的？」

「中文。」

「一年級喔？嘖嘖！可愛的一年級……」

「當著我的面，收回你的魔爪！」

「呃……就當我什麼都沒問過。」他拉了拉背包，又補了一句，「有一套影集，女生都愛看，什麼佳人的，你找一下，D區一四○三。」

「你怎麼連編號都背這麼熟？」明亮學長探出頭來，一臉驚愕。

「咳，我三任女友都看過，想不熟都難。喂，別忘了明天早餐啊！」說完，他拍拍屁股走了。

過了一會兒，明亮學長抱著一疊錄影帶出來，放在我旁邊的桌上，說：「清秀佳人，看不看？」

「看。」我笑出聲來。「這部影集在我國中時很紅呢！」

「很好。」他說：「我幫妳調整一下機器，等一下妳就可以慢慢看了。」

我困惑地問：「學長，你還有在早餐吧台打工？」

「對。」他想了一下，「妳是不是沒來過早餐吧台？我從來沒看到妳出現。」

我有些尷尬，「對……我早上起不來，就算起來，也都是趕在上課前十五分鐘衝出宿舍，隨便在福利社買點吃的就算了。」

「下次妳要是早點起來，可以來早餐吧台找我，我請妳吃好的。」他笑咪咪地說著，把耳機遞過來，「我剛剛想了一下，如果妳覺得不方便和阿丁或瑞峰講，我可以幫妳說一聲，不過，最後還是要妳……」

「我要想一想。」我指指腦袋，「不過，我覺得不管是怎樣的決定，還是自己去講清楚比較好。」

明亮學長笑得眯起了眼睛，用力揉揉我的腦袋，好像我是他的小妹妹，「好啊，能這樣想就好了。下一次，不管碰到什麼事情，都別躲著一個人哭啊，有煩惱的事就要找人聊一聊，如果妳找不到別人，可以來找我，任何時候都可以。」

我有點感動。哪怕這只是客套話，都是關心。

「學長，謝謝你。」我誠心誠意地道謝。

「說謝就沒意思了，妳啊，是阿丁和瑞峰的學妹，是欣宜的學妹，也就是我的學妹了。」他唸起欣宜學姊的名字時，咬字特別清楚、特別重。

我抬頭看他，他正專注著調整電視和錄影機，幫我放了帶子，隨後拍拍我的肩膀，說：「慢慢看。」然後走回櫃台後方，整理影片資料。

我戴上耳機，看著螢幕上的畫面，但心卻不在影片上，一整個晚上，我都在注意明亮學長的動作。

我的心，像一塊軟軟的田地，莫名其妙掉了一顆種子進去，然後，在適當的溫度、濕度和養分滋養下，開始發芽……

系學會的事情終究有了解決之道。

在我的堅持下，我退到文書組去擔任組員。

文書組是一個閒缺，不像活動組那樣熱鬧，也沒有掌管財務的總務那麼重要，頂多就是整理開會紀錄，偶爾做一點文宣活動的DM。

「去文書組，明年連一點角逐的機會都沒有了。」瑞峰學長非常惋惜，「我原本以爲，明年學妹可以和我搭檔選正副會長呢。」

他們只有惋惜，並不責難，在聽過我的想法之後，沒有人勉強我一定得繼續「彰顯家族光榮」，只有給予尊重。

改入文書組之後，我的大學生活才漸漸正常起來，沒了系學會的雜事，我可以花更多時間投注在社團和其他活動上面。但無論如何，一個星期，總有兩天晚上，我會去視聽教室看影集。

那變成是一種制約，就像催眠一樣，時間一到，我就想要去視聽教室報到。哪怕是去到那裡，一個晚上三小時沒能和明亮學長說上兩句話也無妨，我就想和他打聲招呼，然後，坐在同一間屋子裡，偶爾偷偷看他幾眼。

老實說，我不太清楚爲什麼自己非得這樣做不可，甚至不敢自問。

只是隱約覺得，想要多看學長一眼、多聽聽他的聲音。我喜歡他笑起來瞇眼的模樣，也喜歡他偶爾促狹的說話語氣。

一直要到很多年後，我才漸漸明白，那樣的感覺，就是最起初的喜歡、最單純的愛。

而除了準時去視聽教室報到之外，我的生活也有了天翻地覆的變化。

平常，能睡到日上三竿，我絕不會早一分鐘起床。但現在不一樣了，知道學長在早餐吧台打工的那一日開始，我沒有一天睡晚過。

早起原本是一件非常痛苦的事情，可是不知道爲什麼，現在，每天早上天剛亮，鬧鐘還沒響，我就能自動清醒，而且不管天氣有多冷，都能毫不猶豫地離開溫暖被窩，精神振奮地下床。

早起變成是美好喜悅的事，前一晚就算怎樣熬夜失常，但清晨六點鐘的陽光一照進窗口，我的靈魂就徹底清醒了。

「吃早餐吃早餐！」我總是樂不可支地抱著盥洗用具直奔浴室。「吃早餐吃早餐！」滿腦子都是說不出來的喜悅。

我的室友們並不知道我這不能爲外人道的祕密，她們只覺得很敬佩，畢竟念大學後還能保持早上六點準時起床的人，實在稱得上是國寶級動物。

早起的人不多，早餐吧台在八點前都是人前冷落車馬稀。這正中我下懷，我就不喜歡有太多人在，分散注意力。

「筱蕙，早啊！」

每次看到我，學長總會微笑招呼。他喊我名字的時候，語氣特別輕快，充滿朝氣。

如果時間抓得正好，吧台老闆溜到露台抽菸，那時候學長就會特地替我煎一個雙荷包蛋，再加上一片厚厚火腿。奶茶也從小杯的增量成大杯。

我其實不是那麼喜歡吃雞蛋的人，尤其是一大早胃口沒開的時候，就來塊油膩膩的荷包蛋，五腑六臟都不舒服。

可是不知道爲什麼，從明亮學長手中接過的那個加料饅頭蛋，比任何山珍海味都好吃，令我吮指回味。

不是每次都能拿到這樣的加料早餐，大部分的日子，老闆總是虎視眈眈地盯著我們。偷不到好處時，學長總是一臉抱歉。

然而只有我自己知道，我不是爲了那一點點額外好處來的。

也只有我自己知道，買早餐，只是個藉口罷了。我就想要一大早看到他，然後，一整天心情好。

我喜歡從他手中接過東西的感覺，他總是笑笑的，顯得神清氣爽。看著他的笑臉，我也覺得非常開心。

就算是幾句寒暄也好、一個笑容也好，看著他替我選饅頭、切饅頭、塗美乃滋、煎蛋的過程裡，我打從心底覺得無限滿足，甚至捨不得把早餐吃完，總是一點一點地慢慢啃，甚至留到中午或下午。

吃學長做的早點，就像是把幸福滿足無限延伸。

冷掉的饅頭也讓我覺得自己很快樂很快樂。

每天都很快樂！

可是我知道，自己和學長的距離還隔得很遠很遠。

我知道他喜歡笑，他笑起來眼睛酒渦很可愛。我千方百計打探、迂迴曲折地設計，試圖多知道一些關於他的事。

我知道他喜歡藍色，他常穿的襯衫都是藍色系的；他喜歡大海、喜歡海洋動物，最喜歡鯨魚；他喜歡喝黑咖啡，濃濃的泡上一杯，正好適合思考程式的運算……我知道他很多很多事情，可是，那並不代表我了解他。

明亮學長的生活態度跟我異常相似，在外表現上，他活潑，但其實是個悶罐子，有些心裡話是怎麼也不會說的，和我那兩個沒神經的直系學長相反，他們兩個碰到什麼事情都抓著我廢話嘮叨，碎碎唸個沒完。

我想我所了解的明亮學長，和眞實的他之間，還差得非常遙遠。

然而因爲他喜歡，我也喜歡上藍色，非常喜歡這個顏色。每次見到穿藍色衣服的男孩，就會忍不住聯想到他；我也愛上了海，以前我比較喜歡山景的，可是現在不知道爲什麼，每次進圖書館，我就忍不住先跑到放動物圖鑑的那一區，翻一翻鯨魚的圖片。

我甚至開始蒐集鯨魚圖案的卡片或別針。

老實說，這眞是神經病！

可是這種瘋病就像是瘧疾一樣蔓延，而且有無線上綱的趨勢。我開始認眞地選購咖啡，爲了嘗試泡一杯好咖啡花上許多時間，到處翻書研究。

「妳眞是愈來愈有品味了。」我最好的朋友小嫚看我這麼瘋，忍不住笑著說。

小嫚是大家公認的美女系花，她很懂得穿衣服，也有能力穿美麗的衣服，她有漂亮勻稱的好身材，眼睛媚得像高壓電，常常電死了一堆傢伙自己還不自覺。

我們是因爲分組活動才熟識起來的。

班上大部分女生都不願意跟小嫚一組，她們說，那樣會有被比較的壓力，可是小嫚其實是我所知道，最瀟脫、最不在意比較的女生。她很會說話，也有勇氣敢說話，任何事都有自己的見解。

她有一句名言，「我就是流行，所以不跟隨流行。」經常把旁人重擊得說不出話來。這樣的說話方式當然會引起反感，然而小嫚不在乎。「啊！誰甩那些無聊的傢伙們？神經病！」她說。

我佩服她的勇敢，可是也只能佩服而已。

分組活動之後，我們就成了好朋友。小嫚經常來我房間聊天，我們談了很多，談喜歡的作家、談書、談文字、談音樂也談穿著打扮，是她教會我化妝技巧和配色穿著，也是她帶著我走進爵士音樂和古典文學的世界。

「那個字，多美啊！」她總是伸手誇張地揮舞，好表達發自心靈的感動。「用得太好了，多麼多麼地美！」

我非常喜歡她，因爲在那之前，我對朋友的定義就是吃、喝和聊天玩笑的對象。是小嫚帶我進入一個用眞性情打造的世界，她坦白而無所畏懼、天眞活潑、敢愛敢恨，我喜歡她這樣的個性。

我喜歡她帶我閱讀的那些書，喜歡聽她滔滔不絕的議論。

小嫚是我最要好的朋友，我們甚至一起分享成長中的缺憾失落，許多個不眠的深夜，在空曠的操場上漫步，談著談著，甚至會相互抱頭痛哭。

我們互相傾訴祕密，毫不隱瞞的。我甚至連三歲尿床時鬧的笑話都能坦然告訴她。

我唯一沒說的，是明亮學長的事情。

那是直覺的隱匿。我總覺得，不應該在任何人面前說關於學長的事情，任何人都不該知道的……

因爲這是祕密。

而且，這是我自己的祕密。

我想踏進學長的生活中，但卻只能在旁邊無頭蒼蠅似地亂轉圈兒。

很丟臉的。我是臉皮薄的女生。

曾經想過就像小嫚初戀那樣，抓住對方簡單明白地告白，多簡單！

可是小嫚漂亮，她那樣自信又沉著，被這樣的女生倒追，恐怕所有男生都只有棄甲投降的份。我沒有她的美麗大方，也不沉著，自尊心卻強到不能低頭，怎樣都不可能讓男生服輸投降。

「可是後來我還是甩掉他啦，」小嫚說：「因爲我們不合。」

「哪裡不合？」我問。

「從頭到尾都不合。」她懶懶的。「可是愛情這種事情，不是兩個人眞的在一起，妳怎麼知道不合？所以我還是覺得自己當機立斷地告訴他我愛他，是無比正確的行爲，畢竟後來我們也好過一段時間。」

「喔……」我猶猶豫豫的。

我不是小嫚，沒有她的勇氣。喜歡一個人當然是很幸福的事，可是要我坦白自己最羞怯的情思，比殺了我還難。

小嫚瞧了瞧我。「妳問這個幹麼？沒事好端端的，怎麼來問我有沒有暗戀的經驗？」

我尷尬得幾乎說不出一個句子，只能猛打哈哈。

「妳有喜歡的人了，對不對？對吧！對吧？說對不對嘛！」她跳起來追著我問。

我抱著枕頭在床上打滾，顧左右言他。

喜歡眞的是一件很奇怪的事。我喜歡上學長，好像……沒有太多理由。他不是非常帥的男孩子，我除了知道他性格開朗、追我學姊長達三年的毅力驚人之外，其他的，一無所知。我連他長在怎樣的家庭、過怎麼樣的生活都不知道，但也不覺得「不知道」有什麼錯，反而把這些不知道當成一種未知的冒險。我拚命探究、千方百計打探訊息，試圖從最小的瑣事，推敲拼湊出一整個蔡明亮出來，然後爲每一點我所拼出的花樣，沾沾自喜、揚揚得意。

很快地我發現，光是這樣的拼湊，就足以讓我陷入暗戀的大海裡。我對那些「不知道」

充滿好奇，但我知道的愈多，就愈被吸引。

等我意識到發生什麼事時，已經無法自拔了。

從我發現自己喜歡上學長之後，「抱枕頭打滾」就成為每天的功課。晚上閉著眼睛睡覺，不知道為什麼老是會想到學長，他說話的樣子、笑的模樣，像是突然從黑暗中跳出來，讓我心底小鹿亂撞……不，不能說是小鹿亂撞，根本就是恐龍狂奔大象跳舞！我總是不由得傻笑，緊抱枕頭棉被，在床上亂翻亂滾。

不知道自己在爽些什麼！

喜歡一個人眞的很奇怪，我生來第一次體會這種說不出的情緒。只要聽見別人說起學長，我的耳朵就會豎得老高，深怕漏了一字一語；只要看見學長一眼，他就算忙得沒時間和我打招呼，我也覺得這一天眞是沒白活了。

「啊啊，我有毛病！」我只能像鴕鳥一樣，把腦袋埋在棉被裡，胡亂唉唉叫著。「我眞的有毛病！」

可是毛病歸毛病，我再三告誡自己，不管心裡怎樣沸騰，表面上還是得裝作若無其事。團體生活，身邊最不缺的就是八卦，我要是一個不小心，搞不好就八卦飛滿天了！

不知道為什麼，我總隱約感覺，明亮學長不能接受八卦。

更何況，人人都知道，他喜歡我那明快俐落的大四美女學姊柳欣宜。

和學姊比起來，我就像是個不懂事的小丫頭。我想，如果換成是學姊的話，她一定能妥善處理這樣的感情吧！換作是小嫚也好，她們都不是那種會壓抑情緒、不說清楚的人。

可是我不能說，我知道一旦說了，結果一定很不妙。

這是太顯明的事實。

學長把我當成是小妹妹看待，他的反應態度很明白地表露心底想法，我想要超越那條界限，太難。

我可不想接受拒絕，那就代表連偷偷喜歡的權利都沒有了，得完全死心。

而且，被拒絕之後，不管我和他再怎樣無所謂，兩人的關係總是會變得很尷尬的。

與其落得悲慘結局，不如就維持現在這種不明不白的情形。男生都很遲鈍，只要我不說什麼，他也不會懂我在想什麼，就讓我們繼續學長和學妹的關係吧，至少他還能繼續對我抱持關心，而我也能偷偷暗戀。

我想這一切的猶豫不安躲藏隱瞞，全都來自於我對自己的不信任。

我不懂得該怎麼喜歡一個人，遠遠看很好，偷偷歡喜很美，可是眞的要說到坦白……我說不出口。

愛在猶豫不決的時候最美，有人這樣說過。可是因爲猶豫不決，所以每次想到他的時候，我都覺得自己是個白癡笨蛋。

「妳最近買的衣服都是藍色的耶！」有一天，小嫚跑來我房間聊天，順手翻我的衣櫃玩。「怎麼了？以前不是說妳最喜歡穿白色上衣嗎？」

「呃，這個嘛……」我支支吾吾，「人總是會變的。」

「也對。說到藍色，我們學校有一個男生也很喜歡穿藍色的衣服，不過我想妳大概不認識他。」她把每件衣裳都摸了摸，說著說著，就把臉埋在衣服堆裡亂揉。

這個動作很熟悉啊，我不自覺地想。

「他不是我們系上的喔，欸……」她神祕地看了看房間的四邊，確定其他室友都不在之後，才偷偷湊在我耳邊說話，「告訴妳喔，我很喜歡他。」

「眞的？到底是誰啊？神神祕祕的，說清楚！」我覺得好好玩。女孩子，和閨中密友分享不能爲外人道的感情祕密，總有些羞澀和興奮。「快跟我說是誰啊，是誰嘛？妳說啊，我發誓不告訴別人。」

小嫚甜甜地笑了起來，那是又害羞又得意的笑容。「哎呀，沒什麼啦，只是單戀而已，我還沒告訴他。妳都不跟我說妳喜歡的是誰，還敢問我？我才不告訴妳。」

「別這麼小氣，」我挨著她，賴皮追問。「妳快把我好奇死啦！」

小嫚對我吐吐舌頭，那是調皮又不讓人覺得虛僞的動作。「說了妳也不知道，這樣吧，下次我指給妳看。」她用上衣把臉蓋起來，樂不可支地躲在衣服裡偷笑。

淪陷在愛情中的女孩子大概都是同一個樣子，總是不自覺地傻笑和莫名地興奮，對愛情美好的想像和作夢般天眞的期待，佔領了大部分的腦袋。

小嫚很快就變成下一個紀筱蕙，而且淪陷的程度不輕。

我們同一間教室上課，她總坐在我旁邊。有時候，上一秒鐘還好好的，下一秒鐘就突然不能控制地咯咯笑起來。

我再遲鈍也知道她在想什麼。事實上，有時候我也得花費極大的控制力，好讓自己不在不應該的場合裡，因爲胡思亂想而笑場。

「喂，克制克制，」我用手臂推推她。「別作夢了。」

沒多久，她丟過一張紙條來。

「我等等要去看他喔！！！」三個驚嘆號。

我在紙條的空白處回話。「眞的？在哪裡看？我也要去。」

「他下午都會跟同學去籃球場，要去的話，下課跟我走。」小嫚在字尾後畫上一個眼睛閃亮期待的娃娃臉。

我對她容光煥發的笑臉輕輕點頭。

下課之後我們一起去了籃球場。

那是我第一次陪朋友去偷看她心儀的對象，不知道爲什麼，連我自己都覺得無法克制地興奮。

傍晚的夕陽西斜，逐漸偏移到山的那一頭去了，戶外籠罩著一層暑季的殘溫，水泥地上積壓一整天的熱度，像蒸氣一樣逐漸揮發，濕氣逐漸升高，有點悶熱。我不斷地流汗，浸濕半件衣裳，汗水黏在髮梢與額頭耳際。

小嫚一直神經兮兮地賊笑，我眞怕她咬到自己的舌頭。走到一半，她突然又改變心意說不去了。「好丟臉喔！不去了不去了！」

「別這樣嘛！」我趕緊拖住她。「說好要去看的是妳呀，都走到這裡了，想逃喔？」

小嫚害羞地說：「我自己去看他就算了，帶著妳，好奇怪。妳保證看到他之後，不可以嘲笑我。」

「爲什麼會嘲笑妳？」眞是莫名其妙啊！

「因爲他不是多帥多瀟灑的男生啊，哎呀，我也覺得自己眼光有點怪怪的，可是就是看對眼了嘛！」她扯著我的衣服，用力拉兩下，「所以妳不能說他長得不好看或是或是……或是怎樣的，總之，只有我能說他不好看，妳只能讚美他，不能說他壞！」

我覺得自己的腦壓很無力地持續升高。「是、是……」

「要保證，妳得先保證。」小嫚像個國中小女生。

「好好好，我保證，人格保證。」我只得正經八百地順從她。

於是小嫚終於願意繼續往前走。

我們躲躲藏藏、小心翼翼又若無其事地移動到籃球場邊，偷偷躲在牆垣和帆布鐵架後面，張大眼睛四處窺視。

「他在那裡！在那裡！」小嫚極力壓抑自己興奮的語調，卻又忍不住蹦蹦跳跳。

我往她指的角度看過去。

「看到了嗎?那個穿藍色運動褲的。」小嫚推著我說。

籃球場上只有一個人穿藍色運動褲,正背對著這個方向,我沒辦法看清楚他的臉。然而幾秒鐘之後他就從同伴的手中接到球,轉身投出一個三分球,動作非常乾淨俐落。球從籃框裡落下來。

他轉過身時臉上帶著笑,很樂的模樣。遠遠地我聽見場上的人對他叫嚷些什麼,可能是讚美,也可能是暗虧。

可是他還是笑著,那笑容非常熟悉,開朗得就像陽光。

「明亮學長!」我忍不住喊出來。「那個人是明亮學長啊!」

小嫚頭也沒回。「妳認識啊,對啊對啊他叫蔡明亮,是資管系的。」她興奮地說:「妳是怎麼認識他的啊?那我就不用廢話介紹他了。」

氣溫還是很熱很悶的,然而籃球場上那藍色運動褲的身影就像是一陣風一樣。

可我覺得很冷。

像是有誰把一整盆冰水往我腦袋上傾倒下來。

澈骨的冰寒……

我看著小嫚勾起唇角的側臉,不知道為什麼,全身都抖了起來。

「妳是怎麼認識蔡明亮的？」從那天之後，小嫚總是追著我問，「妳認識他多久了？他是個怎麼樣的人呢？妳常常跟他說話嗎？他喜歡些什麼妳知道嗎？」

她問我的原因不是因為懷疑，而是想要知道更多關於學長的消息，和我先前所做，無所不用其極的打探行徑一模一樣。

小嫚似乎從沒懷疑，我和她正好喜歡上同一個人了。

「妳學長跟他住同一間寢室？喔耶，那妳一定常常見到他了！」她一陣雀躍歡呼，然後忙不迭合十雙手拜託我。「下次如果妳知道在哪裡可以直接碰到他，一定要帶我去喔！」

「我們是好朋友嘛！對不對？」小嫚說。

好朋友。

我開始討厭這個詞了。

這個世界實在是太小太小，我們分別認識的人，不知道為什麼到最後總會湊在一起。

「我直系學長說，他喜歡的是我的大四學姊。」我試圖用這些話來混淆小嫚。「妳有點印象嗎？是大四的班代表、畢聯會主席，系大會她會出席發言。」

小嫚對學姊有點敵意，她第一次看見學姊時就露出不以為然的神氣。「太銳利了……女強人喔！」

「妳也差不多啊！」我打趣。

可是小嫚並沒有因為我的玩笑而笑，她只是冷冷地坐在位置上，看著台上學姊的顧盼自如、翩翩風采。「我不喜歡她。」

我想小嫚不喜歡學姊的原因，大概是因為她們是個性太相近的人，兩個性格相同的女人如果不能成為朋友，又不能成為陌生人，就會變成仇敵。

可是學姊眼中根本沒有小嫚的影子，她說完話，向阿丁學長打了招呼後就離開會場。事實上，她甚至沒看見坐在人群中的我。

我看著她離開的背影，突然發覺明亮學長居然也在會場中。他站在角落的陰影處，臉色看起來很抑鬱。

他不是中文系的人啊！我想，他是為了學姊來的，專程為學姊來的。

我心裡很不舒服，嫉妒和討厭的情緒一下子湧上來。我雖然想趁機會去和他打聲招呼，但又不願意站起來。

我不想在這個時候跟學長說話，因為他的心裡，現在大概都塞滿了學姊的影子吧？

小嫚沒發現明亮學長的存在，正津津有味地吃著魷魚絲。系大會就像是嘉年華會一樣，大家都帶著點心零食跑來開會，然後趁機交流感情。

「好久不見好久不見！你現在在哪裡打工啊？」

「哇靠，學弟你染得跟孔雀一樣！」

「學姊妳好像變瘦了喔！」

「哪有，我才沒有談戀愛……」

系大會是一年一度的盛會，舉辦的主要目的是爲了選會長，所以絕不能流會。爲了順利讓瑞峰學長當選，阿丁學長把會議廳大門關上，只許進，不許出，下了甲級動員令，拚命打電話出去找人回來，每十分鐘清點一次人頭，非把人數湊足、順利開會不可。

氣氛很熱烈，三教九流平時神龍不見首尾的各路人馬此刻通通出現。

人那麼多，可是我的眼睛只看著明亮學長。

他顯得有些憂鬱，目光黯淡、臉上沒有了慣有的笑容，靠著牆，似乎有點不舒服。

我好想站起來走過去，把他拉出這吵雜熙攘的會場。

我不喜歡學長那樣的神情，明亮學長應該是要笑的，我想再看看他那瞇眼溫柔的笑容。

如果他的憂鬱煩惱是針對我來的，那該有多好？可是那只是我個人的私心妄想而已。

學姊對他來說一定是很重要的女孩子，可是爲什麼不表明態度呢？他喜歡她爲什麼不說明白呢？

是不是在學長心裡，也跟我一樣害怕畏懼啊？

我們都是不夠自信的人嗎？我不願意相信，向來開朗自在的學長，也有隱藏陰霾的一面。

我喜歡的人是最好的人，我喜歡的學長是最好的男孩。

可是他不喜歡我。至少，他不能像我喜歡他那樣地喜歡我。

我並沒有告訴小嫚，學長也在場。不想讓其他人知道學長的存在，就算我們沒有交談，只要能用眼睛獨佔他，就是莫名的幸福了。

我不想讓小嫚分享這樣的幸福。

可是心裡覺得愧疚抱歉，這份抱歉來自於想要獨佔一個人的欲望，也來自我對朋友的不誠實。

我發現，我其實並不如想像中那樣坦率眞誠，我很自私，非常獨我的自私，我會說謊，也會隱瞞自己心裡想的一切……

好朋友嗎？這樣的我還能當任何人的好朋友嗎？

系大會後來終於湊足了人數，瑞峰學長順利當選會長。但從那天之後，我就盡量不跟小嫚來往了。她正被愛情撞擊得暈眩，根本察覺不到我的改變，我趁這個機會找了許多藉口，開始獨來獨往的生活。

我說因爲要加入社團，所以每天下午都得去社辦忙……

我說因爲要用功，所以晚上都關在房間裡讀書……

我說因爲想跟同學多聊聊有關班上的事情，所以上下課都和其他人在一起……

我說我說我說……我說的都是藉口，在藉口中把小嫚推開。我不想看見她歡喜興奮的眼神、因戀愛而綻放的笑容，也不想聽見她樂歪了的聲音，告訴我那些她知道但我不曉得，關於明亮學長的消息。

暗戀是一種很奇怪的東西，喜歡一個人不說，自己偷偷高興、偷偷傷心、偷偷嫉妒、偷偷生氣。

我開始覺得暗戀沒那麼甜蜜美好了，夜裡埋在棉被中，不再抱著枕頭亂滾亂笑，有時候還會偷偷地哭。

到底在哭什麼呢？我也不知道。

想到學長時，就會想起他那張憂鬱的臉、執著的眼神，然後心就不自覺地痛起來，非常非常難過，說不出話來。

我猜，那是因爲我發現了複數的「假想敵」——學姊和小嫚。而且，更要命的是，單純暗戀已經沒有辦法滿足我的期望了。

然而，即便如此，我每天還是起個大早去買早點。可是看見學長笑著向我打招呼，我卻不能同樣笑著回應他。

「學妹怎麼啦？心情不好嗎？妳看起來不太舒服的樣子，要不要回去休息呢？」他關切地詢問。

我搖搖頭。「沒什麼啦！」

「還是吃饅頭夾蛋嗎？」他很快地從熱騰騰的保溫箱裡取出饅頭，然後切開、塗抹醬料、夾入厚厚的煎蛋和火腿。

我把五十元銅板遞給他。

學長很快地找錢給我，然而就在我要縮手將零錢放進口袋時，他突然握住了我。

「嘿，吃飽了要有點精神喔，這樣沒精打采的，會讓我很擔心呢。」他關切地說。

然後在老闆從露台走進來之前，他笑嘻嘻地收回手，對我說再見。

我抱著早點出了餐廳大門，跌坐在台階上。

心裡亂七八糟地慌成了一團，就像是所有的調味料都打翻了，又鹹又酸又甜得過頭還嗆辣刺鼻。

我反覆把和學長相握的那隻手舉起來看，翻來覆去，每一個指節都仔細檢視。

手指上有點油油的，帶點美乃滋和煎蛋的味道，而且還熱得發燙。學長的手溫好像就留在我手上，沒有退去。

我應該要高興的，因爲學長那樣關心我。

可是，不知道爲什麼，心裡卻好難過，就像是有誰用力在我大腿或臉頰上重重地擰了一把，痛得要命卻又不能哭出來。

學長很關心我，他把我當成小妹妹一樣地照顧，但這並不是我想要的呀。

然而，我想要的卻是說不出口的。

爲什麼會變成這樣呢？從什麼時候開始，我已經逐漸失去他了。

※

學期很快進入中程，考試和報告佔據了我大部分的時間，我躲在圖書館裡沒天沒夜地讀書，早出晚歸，除了上課之外，只偶爾去一下社團，剩餘時間，一概躲進圖書館。

大家都說我很用功，用一種對待外星人的態度看待我。

可是我自己知道，只有在這裡，我才能盡量遺忘關於明亮學長的事。

圖書館很安靜，不會有人說閒話、聊八卦，偶爾碰見同學也只需要點頭招呼而已，每個人踏進那扇藏書間的大門後，好像就與外界毫無關係，只是單獨的個體。

我在書堆裡專心整理筆記、囫圇吞棗地閱讀，把心投注在一件事情上，就沒有太多餘力去想別的。

可是無論怎樣沉澱心情，總是會在最寂寞安靜的時候想起學長。

我躲在個人閱讀區，窸窸窣窣地無聊翻書，一頁一頁瀏覽，到底讀進了什麼只有天知道。

閉館時，義工跑來催我滾蛋。「喂喂，這位同學，很晚了，我們要關門了！」

我扛著一整袋書出了圖書館大門。

天黑了，肚子很餓，風很涼很涼，我往宿舍的陡長樓梯上走，轉個身向後看，正好能一覽夜色中的山水懷抱。

白日的時候看這山光，景色非常美麗，無邊無際的山領接頭，天空湛藍得不像眞的。然而夜裡看山，又有另外一種味道。

放眼過去，觸目所及都是黑暗寂寥的夜色，綿延曲折的山間車道上亮起點點燈火，分不清楚是路燈還是人家，偶爾可以看見疾駛車輛繞著山路迴旋，車燈遠遠，亮過了、又暗過了。呼嘯而過的風中夾帶著泥土的氣息、樹木的氣息、繁花和林蔭的氣息，我用力地呼氣吐氣，就像是和整座山一起深呼吸。

暗夜的天空很黑很黑，就像是沉重滑膩的緞子般，遠遠地綴著溫婉斜月、點點星光，鋪在山頭上，迷迷濛濛地蔓延。

我站在樓梯上飽覽這美麗的景色，然後繼續往梯頂上走。

我想去餐廳裡買杯貢丸湯當消夜，然後捧著熱呼呼的湯，坐在操場邊上喝。伸手摸摸牛仔褲口袋，掏出幾枚硬幣，我藉著樓梯上的路燈照明，努力計算口袋裡的錢。

「嘿，學妹！看這裡！」有人在我頭頂上大呼小叫。

抬頭一看，就見明亮正在樓梯頂端探頭揮手。「快上來！來吃消夜。籃球社社團聚會，吃飽撐死不要錢。」

一直想要逃避的人，總是在不能逃避的時候出現。我愣愣地站在台階上抬頭仰望他。

「快來呀，正好看到妳來了，不吃可惜。」學長見我沒反應，三步併兩步地跑下來，抓住我的手又往上走。「快來吃，油飯和貢丸湯，全都是免費的。一學期才這麼一次免錢吃飽大會！」

我沒有推開他。

學長抓住我的手，催促得很急。他的手很溫暖，任何時候都是這樣溫暖，就像那天傍晚，在系館後的安全梯上，他摸我的頭髮；也像那天早上在吧台，他緊緊握住我的手……

他拉著我快步上樓。

我只得追著跑！

「袋子我幫妳拿，來！給我吧。」他拉拉扯扯地搶過我的袋子。「這麼重喔，學妹妳好用功。」

那說話的聲音裡，並沒有夾帶任何嘲諷的語氣。

全世界都可能嘲笑我，可是他不會。

我想，我爲了要清心寡欲而躲在圖書館讀書的目的，已經徹底白費了。這一刻，我的心臟又不聽使喚地亂跳起來。

學長今天穿著一件水藍色的T恤，那湛藍清亮的顏色，在我眼中，成了這世界的全部。

社團聚會設在餐廳二樓，裡頭熱鬧極了，高頭大馬的籃球社社員全聚在一處，大鍋大碗的油飯和整盆的貢丸湯擺滿了長桌子。

「吃、吃！」明亮學長推著我的動作，就像是要把我的腦袋塞進油飯鍋裡。「不要拘束，多吃一點。」

他才把我安置在一個位置上，另外幾個男生遠遠地向他猛揮手。「亮哥，來一下！」

「阿茂，拜託你照顧一下學妹，她是瑞峰的大一直系。」明亮學長對旁邊一個正在扒飯的男生說，「我去看看有什麼事，你招呼她吃點東西吧！」

然後他就轉身走開了，我甚至還來不及多和他說些什麼。

「學妹，我幫妳添飯囉？」那個叫阿茂的男孩子很熱心，「妳要吃多少？這樣夠不夠？這樣呢？這樣夠不夠？」

我一時失神，只能看著明亮學長的身影消失在人群中，回過頭來，卻發現自己眼前堆了座小山一般高的油飯！

「哇！我哪能吃這麼多？」我叫起來。

「妳沒說夠了啊，我就幫妳繼續添。」阿茂說得理直氣壯。「那，妳要不要喝湯啊？要幾顆貢丸？一顆兩顆還是三顆？」

「隨、隨便！」我實在沒力氣應付眼前這個人。「都好都好。」

阿茂替我裝了湯來，紙碗裡，湯只有少少一點，但堆了滿滿的蘿蔔和貢丸。

他一面吃一面小心打量我。「妳……是亮哥的女朋友吧？」

我差點被油飯噎死。「不、當然不是了！」

「真的喔？那他怎麼會帶妳來啊？」

「就、就是在樓梯上碰到了嘛，餐廳旁邊的那道樓梯啊。學長說籃球社有免費消夜吃，就拉著我過來了。」我努力澄清，「是偶然、偶然啦！」

「不是約好的？」阿茂又問，他的眼裡還有點懷疑。

「當然、當然不是啊。」我盡量不要結巴，心卻跳得更厲害。我不知道，原來別人是這樣看我和學長的關係……

「嗯。對了！關東煮上桌了，妳要不要也來一點？我幫妳去搶好啦！」阿茂二話不說，捧著紙盤往大鍋的方向衝。

新上桌的菜色很快吸引了其他大胃王的注意，身邊的人都搶過去，爲了湯杓和菜料在鍋邊吵吵鬧鬧。

我偷偷往餐廳門邊看過去，那些把明亮學長叫出去的男生都已經回來了，可是沒看見學長的影子。

我小心翼翼地趁著其他人紛鬧成一團時，往門外移動，四處張望，但沒看見學長的身影，只聽見樓下隱約有人在說話。

那聲音很熟悉。我偷偷摸摸地從樓梯上方的欄杆往下望，看見小嫚和學長兩個人站在樓下交談。

因爲太意外、太驚愕，我馬上把腦袋縮了回來，然後撞上另外一顆腦袋。

要不是我立刻伸手捂住自己的嘴巴，一定會因爲作賊心虛而大叫的。

「是我啦！」刻意壓低的聲音在我耳邊說話，是阿茂。「學妹，妳在看什麼啊？」

我不知道該怎麼回答，心中滿是偷窺者被抓到把柄的恐慌。

「喔，是亮哥嘛！」阿茂探頭看了看。「另外一個是誰啊？」

「我同學。」我悄聲回答。

「難怪妳很驚訝的樣子。」他說，並不打算立刻撤離現場。

我聽見小嫚和學長的話語聲從樓下傳來，空盪盪的樓梯口充滿了他們虛幻的笑聲，然而怎樣都聽不清楚兩個人在說什麼，這讓我非常著急。

偷聽不是一件好事，可是我很想知道他們在談些什麼。

「那女生對亮哥有意思喔！」阿茂說。

我悶悶地不回答。

「她很正呢！」他也不要求我回答，自顧自地繼續說。

我心酸透了，像顆要發爛的檸檬。

小嫚很靠近學長，他們兩個就站在台階上，一高一低。小嫚在學長面前眼睛發亮、神色嬌媚，她抬手輕撥額前的髮絲，動作非常漂亮。學長看她的模樣和看我完全不一樣，我只覺得他笑得比平常更多、更亮眼。

「喂，」阿茂很不識時務地拍拍我的肩膀。「我們回去了好不好？妳的湯都要冷掉囉！」

我被他帶著回到餐廳，坐到位置上。貢丸湯果然已經涼掉了，淡淡的油浮在湯碗上，在貢丸和蘿蔔上裹上一層白色的外衣。

阿茂把冷掉的湯換到他自己面前，然後又給我添了一碗新的。

「妳吃一點嘛！」他勸著，「多吃一點。」

可是這叫我怎麼吃得下呢？我一筷子一筷子撥著油飯，黏膩膩的，嚼在嘴裡一點味道也沒有，像蠟膏一樣。

我一邊撥著飯粒，一邊哭了出來。

一直到聚會結束，我都沒再看見學長。

阿茂大概是看我可憐，所以說要送我回去。「妳不要哭了嘛……」他笨拙地安慰我，「學妹，不要哭嘛、不要哭了啦！到底出了什麼事呢？問妳妳也不說……」

被他這樣一講，我哭得更厲害了！

我們拉拉扯扯地走回女生宿舍，沿路上的人都看到我哭得唏哩嘩啦的慘痛模樣，還有阿茂那張不知道該怎辦才好的苦瓜臉。

當然，我也覺得很丟臉，可是眼淚太多了，怎麼也止不住。半路上我曾經叫阿茂先走，「你回去啦，別跟著我了！我現在很難過。」

可是他還滿堅持的。「我要是走了，妳去跳山怎麼辦？沒關係，我送妳到宿舍門口，看妳進去。」

「我不會去跳山的啦！」

「那可不一定啊，女生很脆弱的。我媽說，女孩子都是雙面人，說一套做一套。」他正經八百地說：「我媽還說，女生說不要的時候就是要，所以我還是送妳回宿舍好了。」

我不知道該哭還是該笑。

阿茂給我的第一個印象就是黑，曬得像煤炭似的，全身黑黝黝的，在這樣的深夜裡走在無燈的路上，迎面碰到他，只能看見一口白牙咧出大大的笑。

老實說，我不是很喜歡像這種黑炭樣的男孩子。

外貌，多少是衡量一個人的最主要因素。雖然俗氣，但我也不能避免這樣的判斷眼光。明亮學長稱不上是瀟灑挺拔，但也到達一定標準，所以我和小嫚才會喜歡他，然而若他長得獐頭鼠目尖嘴猴腮，我大概連看也不會多看一眼。

我常常說自己不會在乎別人的外貌，可是捫心自問，誰不會多在乎一下喜歡對象的長相呢？

人家說一白遮三醜，阿茂的特色就是黑，黑到讓我只看一眼就撇過頭去。

而且他的口頭禪是「我媽說的」，一個三句兩句談到媽媽的男生，我不會覺得他有多成熟。

可是阿茂一臉憨厚，講話還算老實，不油腔滑調，所以我並不排斥他。

我們一直走到女生宿舍前，我已經哭完了，卻還在哽咽。

「妳不要哭了嘛！」阿茂還是那句話，聽得我煩透了。

我當然也不想再哭，多無聊。要哭，哭一下就算了，女生哭多了，眼淚不值錢！可是我沒有停下來的理由。

簡單來說，就是沒有台階下。我哭得亂七八糟的，身邊只有一個呆頭鵝在嘰咕嘰咕，眞正的罪魁禍首──明亮學長──到哪裡去了呢？

如果他這時候過來拍拍我，我保證會笑的。

可是他不在，沒有人能止住我的眼淚。

阿茂提著我的背包，我聽見他的腳步在我身後亦步亦趨地走。他跟明亮學長不一樣，學長總是在我眼前走得飛快，讓我深怕追不上，而阿茂卻很少走在女生前面。

他從沒走在我前面過。現在沒有，之後也沒有。

我終於在宿舍廣場前止住了眼淚。

因爲學長和小嫚正站在大門口，一裡一外的，倚著門框說話。

那景象實在太驚人了，以致於我幾乎不知道該怎麼反應才好。

「啊，是亮哥！」後知後覺的阿茂晚我五秒鐘才發現眼前的情景。「怎麼辦呢？」

我遠遠地看著他們，距離大概三十步左右，這咫尺的距離就跟千山萬水一樣遙遠。

腦袋裡嗡嗡亂叫，像是千萬隻蜜蜂在飛舞，我聽不見理智說話的聲音。

我可以選擇掉頭就走，或是笑著過去打招呼，可是我兩者都不想，那都是違背良心的虛僞。

我想要讓學長知道我不高興，我需要表達任性、需要吃醋發飆……雖然一點立場都沒有，可是我就是想要讓他知道，我、很、生、氣！

落單和被欺騙的怨怒，從剛剛開始就沒完沒了地滋長，我受不了小嫚和學長站在一起說話的樣子……不過，如果對方是欣宜學姊，我也許不會這樣生氣吧？

因爲學長喜歡學姊啊，那他怎麼可以跟小嫚這樣不清不楚的呢？他不是暗戀學姊很多年了嗎？

然而這些都不是重點，重點是我正在吃醋，而且高溫怒火快要燒壞腦袋。

「謝謝你送我回來。」我轉身從阿茂手中搶回肩袋，用衣袖擦乾眼淚。「到這裡就可以了，我要回去了！」

「欸，可是、可是……」阿茂支支吾吾地說。

我根本沒聽清楚他說了些什麼，負著背包，用手順了順額前被風吹亂的劉海，咬一咬牙，然後頭也不回地往大門快步走過去。

我死命地低著頭走，腳步加快，眼睛只顧著往地板看。我不想跟他們招呼說話，也不想讓任何人有能跟我招呼說話的機會。這樣的動作流露出我滿懷的怒氣。不知道學長能不能明白我在生氣，可是不管怎樣，我就是要這樣做。

我非任性不可。

快靠近他們的時候，學長的招呼聲響起，「學妹，油飯好吃……」

他話還沒說完，我已經推開他衝進大門，頭也不回地往樓上跑。背袋掛勾不小心勾住大門的邊角，可是那不重要，我用力一扯就把短短的鍊子拉斷了，發出刺耳的聲音。

第一次發現自己也能這樣暴力。

我眞的沒有回頭。

那感覺眞是太爽了！

用千言萬語也不能形容我的爽快。

捨棄需要等待的電梯，我改道樓梯，一路往上跑，一口氣憋在胸口，悶得不得了，化作體力爆發，似乎可以不停止地繼續跑個幾百層樓。

然而跑回五樓的房間前，我喘得幾乎要跪在地上爬不起來。

我扶著門喘氣，連好好脫鞋的力氣也沒有，只能坐在鞋櫃上休息。我的室友，橘頭，從浴室的方向走過來，包著一頭一臉的毛巾，散發霧霧的水氣。

「回來啦?」她說。「趕快去洗澡吧!今天熱水爐好像又壞了喔，不趕快去洗，等下又沒熱水用了。」

她說話的口氣非常簡單平和。我勉強抬頭，對她微笑。「好，我坐一下就去。」

「怎麼了，妳跑得好喘。」她推開房門。「不是搭電梯嗎？」

「我、我是走上來的。」

「電梯又壞了啊？可惡啊，這學校哪裡都壞，熱水爐壞電梯壞，連我的桌燈都壞掉了！算了，快點進來吧，外面蚊子多。」

我把鞋子踢掉，爬進房間裡，趴在地上喘氣。

爲什麼喘得這樣厲害？我的體力有這麼爛嗎？跑個幾層樓梯就無以爲繼了？

其實不是的。

只有我知道自己剛剛經歷了什麼。

在衝過學長的一瞬間、在我發飆的那幾秒鐘裡，我其實是變相地在告訴他，我有多麼喜歡他。

那樣地在乎他啊！

因爲看見他和小嫚在一起而吃醋，因爲他親切溫柔地對誰都好而生氣，因爲被他忽略讓我不滿讓我難過……我喜歡他我喜歡他，我喜歡他啊！

爲什麼這樣的喜歡不能說出口呢？我在憂拒什麼在逃避什麼？我討厭這樣無能坦白愛情的自己，我討厭只會任性發小孩子脾氣的自己，我討厭這樣愚蠢至極的自己！

我討厭我自己。

可是這樣的我，卻已經愛上他了呀！

我的情緒從極度亢奮，一下子滑落到最谷底。

根本不該高興什麼的，我覺得自己好蠢。喜歡一個人不敢說，只能用任性和胡鬧來發洩，最後又顧影自憐地後悔……一點用也沒有。

我到底在幹什麼啊？

浴室裡，花灑的水淋了我一頭一身，熱水大概用完了，水溫有些涼，雖然是入秋的氣候，但夜裡山上可冷得很。我在半涼不溫的水中拚命抖個沒完，上下牙齒咯咯地跳來跳去。公共浴室的門窗開向正好讓山風吹入，冷上加寒，在裡頭洗澡的我覺得好像快要變成冰雕，凍僵了。

「筱蕙、筱蕙，筱蕙妳在浴室嗎？」小嫚跳躍式的腳步從浴室外進來，夾帶著她的嬌呼。「妳在洗澡嗎？」

我不想回答她的問話，我討厭小嫚。

可是她很快就找到我了。「喔，妳在這一間對不對？」她用手敲響塑膠門板。「我看見妳的小鴨子毛巾了！」

我「唰」的一聲把毛巾從門上抽下來。

「怎麼啦？妳有沒有聽見我說話啊？筱蕙！」她嚷著。

「有啦有啦。」我聽見自己煩躁地回答，涼水和冷風並沒有降低我的火氣。「妳要幹麼？」我的聲音比水溫更低，比秋風更蕭瑟。

「我是來跟妳說，明天早上蔡明亮要我們兩個早一點去早餐吧台，六點鐘。」她說。「我現在才知道，原來他早上在吧台打工啊，眞好耶，他說他要請我們吃早餐。」

早在妳是三葉蟲時代，我就知道這件事了。「那妳去啊。」

「欸，一起去一起去嘛！」小嫚在門外跳來跳去的，我聽見她興奮的腳步聲迴旋在這小小的空間裡，好像敲擊在我的腦殼上，一響一響，非常沉重。「我們一起去嘛！反正妳也是很早起的人，約好時間記得要叫我起床啊。」

說來說去還不是要我叫妳起床！天哪，我眞有種欲哭無淚的悲哀。「我明天想睡晚一點。」

「爲什麼？拜託嘛！就當幫我一次，妳知道我很會賴床的啊。我知道妳今天心情不好，妳就不要生氣了嘛！蔡明亮已經把阿茂訓了一頓了。」

蔡明亮蔡明亮，妳爲什麼可以直呼他的名字！

「我心情不好關阿茂什麼事情？」事實上，我已經洗完澡了，可是如果推開門出去，一定會正面碰上小嫚。我不確定是否可以控制自己不對小嫚發瘋，說不定會當場就倒地痛哭了。

「我們都知道啦，妳是因爲阿茂不會說話所以被氣哭了，對吧？阿茂都承認了。蔡明亮要我跟妳說，阿茂是直腸子，他只會打籃球跟寫程式，很少跟女生說話，所以會得罪人，妳就不要放在心上了。明天吃早點的時候，他會叫阿茂跟妳說對不起的。」小嫚在門外爽朗地說。「筱蕙，妳就原諒他吧！」

等等，我完全聽不懂她在說什麼。「原諒誰啊？」

「阿茂啊，他剛剛已經被蔡明亮捶過了，也說很抱歉啦！妳就不要太生氣了，這樣會讓蔡明亮很難做人的。」小嫚的口氣一派笑語盈盈。「阿茂是蔡明亮的學弟，二年級的，人很好啊，我看他呆呆拙拙……」

她在說什麼，我真的一個字也聽不懂。冷水已經沖醒了我的腦袋，卻怎樣也不能喚回理智。

「總之，明天要記得叫我起床喔！還有還有，妳也要去吃早點。」小嫚顯然覺得自己已經交代完畢。「我要回去睡覺了。妳也早點睡，明天早上才有精神跟蔡明亮見面！嗯……不對喔，妳應該是跟阿茂吃早點，呵呵！」

她跳躍式的腳步聲消失在浴室外，一點一點地遠去。

我在花灑極力噴濺的冷水中重重地打了個噴嚏，很無力地把龍頭扭緊，用毛巾將長頭髮包起來，換上乾淨衣服跟牛仔褲。

衣服上有著陽光曬過、肥皂的味道，水藍的顏色，在陰暗的浴間燈光下看起來特別顯眼。

我想起自己怎樣到處去搜羅藍色衣裳的瘋狂，這件衣服是在公館的地攤上買的，有著可愛的白色穗邊和小小的鯨魚印花。

明亮學長看到的時候還曾經稱讚說好可愛。

爲了他那一句「好可愛」，我頓時覺得幾個小時走爛雙腳、講破喉嚨殺價的工夫都值得了，只是爲了那麼一句簡單的讚美，就覺得自己像是加冕的公主一樣，無比榮耀。

然而這件衣服沒穿幾次，學長已經跟小嫚好在一起啦！

他還要小嫚早點去吃早餐呢，那應該是我專屬的權利才是。

可是這種幼稚的話誰講得出口啊？我又不能去敲學長的宿舍，對他大哭自己的委屈。怎麼說也是我單戀人家啊，還不敢說出口……

「愚蠢愚蠢愚蠢……妳是個笨瓜妳是全天下最傻最笨最愚蠢的大傻蛋！妳笨到把喜歡的男生拱手讓給別人了，妳笨到天下無敵宇宙無雙的地步！」這樣咒罵自己，我再也忍不住，在濕淋淋的浴室裡，無可救藥地痛哭出來。

愛上一個人到底是怎樣的感覺呢？

許多人說那是一種甜得有如糖蜜般溫柔的滋味。

可是愛上一個與自己有緣無份的人，又會是怎樣的感覺呢？

❊

第二天早上，我一大早就醒了。事實上，也許是一個晚上都沒睡好吧。坐在床上，我瞪著鬧鐘，五點整的指針滴滴答答地走著，非常慢非常慢。我不知道自己在想什麼，就這樣背脊頂著冷牆壁，半個身子裹棉被，像蚯蚓一樣地扭曲半坐著，整個人並不很清醒。

指針一點一點地繞成圈，從床上看窗外的天空，還是陰沉沉彷彿要下雨般的顏色。然而我知道再等一下，這沉鬱的天色就會像花一樣地突然綻放開來。上了大學後，好幾次我爲了貪看破曉美景，早早定好鬧鐘起床，拖著椅子坐在窗口期盼等待。

黎明的白色日光就像是說好了似的，一起從厚沉的雲朵縫隙間滑出來，一瞬間有如攻佔領土似的，天地大放光明，山嶺之間流動的霧氣雲氣如波浪般流轉，頂著深藍色濃妝的山頭突然就改換了顏色，一望無盡、深深淺淺的綠像是夢境般地塗滿了四方山谷。那就像是奇蹟一樣的變化。

這是何等的美景！我好喜歡日出景色，看著山嵐霧氣有如長江大河般，隨著風的律動而律動著，心中有說不出的感動。

每次看這黎明的美景在短短數秒鐘的時間內展開，我總會深刻地明白，在這個偉大的自然世界裡，自己是多麼渺小。

但是今天看著這窗口的景色，我的情緒複雜、難以解釋。

是不是有些事情是老天早安排好了的，誰也不能更動？就像每天早上都會天亮，像春天花朵綻放、秋冬凋零一樣，是既定的事實，不能阻擋。

如果生命中眞的有這樣「預定」好的事，那麼，我和學長可能是眞的無緣了。小嫚喜歡他，我想，只要是男孩子都不會拒絕小嫚的愛吧？

那麼，我又算什麼呢？在這場鬧劇裡，我應該也有自己的位置吧？

還是自始至終，我只是一個小丑呢？

我也想改變事情的走向，我希望、眞的好希望，就算是一點點也好，能把優勢往我這裡帶過來，而不是讓幸運之神只眷顧小嫚。我想讓學長多看我一眼，只要一眼就好了！

可是，人就是這樣，得到了一點點，又希望更多一點點。

每個一點點都是許多掙扎的凝聚，都是不能割捨的無能爲力。

「妳在想什麼？」橘頭突然醒了，她從床上往我這裡看。埋在被子裡的她，只露出兩隻眼睛。「一大早就醒啦，要去吃早餐？」

「不是啦，我只是失眠而已。」我壓低聲音，深怕吵到另外兩個睡覺的室友。

「爲什麼失眠？」她問。

「煩惱吧！」我說：「橘頭，妳別問了，我現在心情很糟糕。」

「嗯。」她眼睛眨了兩下，然後沒說什麼又閉上了。

我知道自己在煩惱什麼，這樣的煩惱不能跟任何人說。

在看不見的地方，我那小心眼的思緒做著陰險的打算。

不想讓小嫚獨佔學長，至少不能在這個時候獨佔他……學長應該是我的，我是第一個喜歡他的人。雖然說愛情並不是搭公車，講究先來後到的順序，可是現在我只想要把學長搶過來，讓他只屬於我一個人。

下意識知道該怎麼辦。我把鬧鐘按掉閉上眼睛，裹著棉被強迫自己睡。「橘頭！」入睡前我輕聲喊對床的室友。

「怎麼了？」

「我今天身體不舒服，」我拜託她，「等一下有誰來找我，都跟她說我很難受，大概是生病了，要躺一下。早上的課不太重要，我就不去了。」

橘頭看了看我，她的眼睛出奇閃亮，像是什麼都懂，能把我一眼看穿。「有誰會來找妳嗎？」

我沒有回答，逕自睡了。

睡著前最後的一瞥，看見窗外迷茫的白色雲海在日光的炫照下，反映出晴朗天空的顏色，那蔚藍色的天空，澄靜得如同鏡子。

我不知道自己有沒有哭。

快要哭不出來了吧！

連天空都不能照出我陰險黑暗的心，這樣的我，還是誰的好朋友？還能跟誰大言不慚地說愛呢？

再醒來的時候已經是下午了，我睡得好晚好晚，可是愈睡愈累。

「醒來了嗎？」橘頭在桌前讀書，窗外的天色有點陰暗。

「嗯，有點。」我揉了揉眼睛，房間裡沒有別人。「有沒有人找過我？」

「有啊。」橘頭頭也不回。

「誰？小嫚嗎？」我的緊張心跳繃到最頂點。

她轉身抬頭看我，笑得奇怪。「爲什麼妳覺得會是小嫚？」

我把棉被摺了兩下，好躲避她的疑問。

「不是小嫚，是個男生找妳，剛剛來的。我本來還想叫醒妳，正好，妳起來了。」橘頭說：「妳去交誼廳看看吧，他說會在那裡等。」

男生？我錯愕得說不出話來。

「是誰？」我追問。

橘頭只是聳聳肩。「不知道，他打電話上來，我說妳不舒服在睡，他就說他在樓下看電視，請妳醒來後下去。」

我忍不住大叫起來。「妳怎麼不把我搖起來呢？」

「因爲他說不要吵妳啊！而且妳不是說身體不舒服嗎？」橘頭理直氣壯。

我幾乎不能呼吸了！誰會這麼溫柔地說話？只有學長會這樣體貼人呀！我換了衣服，幾乎是用飛跳著躍下床，抓起牙刷毛巾就往浴室衝。

「他說妳可以不用趕。」身後，橘頭的聲音還是那樣平穩無波。

可我怎能不趕呢？

刷牙時，我差點就把牙刷吞進肚子裡；洗臉後，毛巾都來不及擰乾。我很快樂，非常快樂，那種快樂眞是無法說得清楚的，就像是有一組樂團在我心弦上敲鑼打鼓、跳來跳去。

再次回到房間時，腳趾撞上了門檻，那很痛的，非常非常痛，平常我一定會哭出來，而且拚命罵髒話，但現在卻完全不在意。喜悅讓我麻痺了知覺和疼痛，我邊揉著腳邊掉眼淚，還不忘記傻笑。

橘頭稀奇地看著我的反應，然後嘆口氣，自顧自地又沉進她的語音學大海裡去了。

我跳出門，等不及慢吞吞的電梯，一心只想快些見到學長，於是在走廊和樓梯間狂奔，撞到人也來不及道歉，心早就已經飛下樓去了，那樣的愉悅輕鬆，就像是肩膀上長了翅膀一樣……我眞覺得自己可以飛！

他一定是聽說我身體不舒服了才來找我。

學長是那樣好的人，我其實在他的心裡也是有些地位的，不只是小丑、不只是不重要的陪襯、不只是欣宜學姊的直系學妹，我是我，是紀筱蕙。

跳過最後一段階梯，我站在交誼廳裡，兩台並列的電視正播著NBA的籃球賽，幾個男生不知道爲什麼，老是泡在女生宿舍的交誼廳裡看電視。繞過他們，我四下尋找那高大身影、燦爛笑容。

我已經準備好了，當學長招呼我的時候，我要微笑地說抱歉，說我昨天其實不是在生氣，我沒有氣他沒有氣任何人，沒有一丁點不高興。

「只是只是……只是情緒低潮而已。」我想像著自己回答的模樣。

我想他一定會摸摸我的頭髮。「低潮喔？」

然後我們會笑得很開心、很開心。

這樣想著，我微笑的嘴角又勾得更彎了，眼睛很快鎖定了一件熟悉的藍色上衣，往他的方向走過去。

「嘿，學長。」我拍拍他。

然而當他轉過身來的那刹那，我突然明白自己有多麼傻、多麼愚蠢了！

「嗨，學妹。」阿茂咧開一口白牙的笑。「妳醒啦？」

我眞是笨啊！我眞的是笨啊！

「你、你爲什麼會在這裡啊？」這是我唯一能說出口的話。「學長呢？」

阿茂一臉迷惘。「哪個學長？」

「就、就是學長啊！」我咬著牙，忍耐地問。「明亮學長呢？」

「他？他沒來啊。他說今天要跟另外一個學妹下山去買東西。」阿茂憨憨地笑。「我聽說妳身體不舒服，怎麼了呢？」

我沒說話，也說不出什麼話了。

我很沉默，但阿茂的話卻很多。

他告訴我明亮學長一大早就跟人約好了，中午借了他的摩托車下山。他們交換了摩托車和上衣……這件眼熟的藍色上衣，果然是明亮學長的。

「因爲我的衣服都洗了，還沒乾。」阿茂害羞地抓抓頭、摸摸耳朵。

「我說要來跟妳道歉，亮哥說要道歉的人應該穿整齊一點，」他滔滔不絕地說：「所以我跟他借了這件襯衫穿，妳會不會覺得我穿起來怪怪的？」

當然會！我毫不留情地在心底大喊。你穿什麼都怪、都怪！可是表面上，這層嫌惡只是一抹客氣的微笑。

不是學長，我誰都不要！

「等一下我想請妳吃晚飯，妳說好不好？」

爲什麼阿茂的聲音聽起來那樣急快？如果是明亮學長，他不會這樣說話的。我好喜歡學長低沉溫厚的聲音，而阿茂總是急匆匆的語氣，一點都不成熟穩重。

「妳看NBA嗎？我是公牛迷。」他好像永遠都有說不完的話題似的。「我和亮哥不一樣，我比較喜歡黑白兩色，可是亮哥非常喜歡藍色，他說藍色就像是天空和海洋。以前剛進學校的時候，我們都笑他是娘娘腔。」

阿茂，你永遠都不會懂的，我也喜歡藍色，我喜歡藍色的原因是因爲學長喜歡藍色，而不是這顏色像藍天、像大海。我喜歡學長，因爲喜歡他，所以願意喜歡他喜歡的一切。

我不喜歡黑色和白色，那是太滄涼又太孤獨的顏色。

我不喜歡你，阿茂。

「我不太會安慰女生，所以妳昨天哭的時候我也不知道該怎麼辦……對不起喔，妳不會怪我吧？」

這一刻我突然覺得悲哀起來。

不用誰來提醒我，我很清楚、非常明白，阿茂大概有點喜歡我，可我不喜歡他。

我是眞的不喜歡他呀！

沒有原因，這就是結果。有些事情在一開始發生時，就能明白最後，不喜歡、不愛、不要、不是他。

就像我不是明亮學長的她一樣。

「妳很安靜又沉默喔，昨天也是這樣。」阿茂用好奇的目光端詳我。「在想什麼？」

我只能無言地對他微笑。

眼前的阿茂很努力地想跟我說些什麼，他那麼想要跟我溝通、說說話，所以才跑來，在這個無聊的午後，坐在吵雜的電視前面，心不在焉地看著籃球比賽，不敢催促，耐心地等著我起床下樓。

他沒說什麼，可是我懂他的意思。

這也是我對學長的意思、我對學長的心情，如果是爲了等他，我願意等很久很久，三個小時、三十個小時……都無所謂。

可是我不能回應阿茂的情緒。

「我不太會說話，可能會讓妳不高興。妳……如果不高興可以跟我說，我沒有什麼惡意，我是眞的沒有什麼惡意……」阿茂有些侷促。

誰都沒有懷著惡意去傷害誰，可是學長和小嫚在他們不自覺的時候就傷害了我。

我只是難過自己看得很重的感情，廉價得甚至沒有說出口的機會。

「妳……嗯，筱蕙妳是不是不舒服啊？我看妳還是回去休息好了。對不起，我沒有想到妳身體不舒服。剛剛妳室友有跟我說過，可是我忘記了……妳好好休息吧，我回去了。」阿茂站起來，不安地看著我。

我也看著他。

人總是這樣，對喜歡的人那麼慎重，覺得無比重要，但對不在意的人就甩手扔開。不喜歡不想要的時候，再愼重再得來不易的，都不珍惜。

我想跟阿茂說，叫他不要白費工夫了。

我不喜歡他，一點也不。

這一定是報應吧！我最喜歡的那個人，他也不喜歡我，他不能愛我就像我愛他那樣。

我欠學長，阿茂欠我。

「我打電話去叫妳室友下來好了！」阿茂著急地說。

「爲什麼要叫橘頭下來？」我不懂。

「因爲……因爲妳看起來臉色很難看啊！」

我對他笑一笑。「會嗎？」

「妳回去再睡一下吧！」

「可是你不是要請我吃飯？」我問他。

阿茂那黑黝黝的臉上突然整個放光起來。「妳願意去嗎？眞的嗎？可是妳不舒服，還是不要去吃飯好了，我看我看……下次吧！」

我嘆了一口氣，也站起來，阿茂比我高，他的個子大概跟學長差不多吧。「要去哪裡吃？走吧！」

「啊？可是現在才四點多！」他那又驚又喜又不可置信的表情，讓我看了好難過。

我知道，在學長面前我也是這樣一張臉。

「沒關係，先去喝點什麼好了。我睡了半天，有點餓。」我扭頭就走，不想再看見他雀躍的神色。

那實在太感傷了！我不願意看見他歡喜的模樣，因爲無論多麼歡騰喜悅，都是短暫的。

※

小嫚來找我。

「橘頭說妳生病了。」我開門走進來，正好看見她坐在我的位置上。橘頭還是坐在桌前整理筆記，她稍稍瞟了我們一眼，收拾桌上的書出門去。

「妳去哪裡？」我沒立刻回答小嫚，反問橘頭。

「找美渝問問題。」她很聰明地把問題帶過。「妳們慢慢聊。」

我只能目送她的背影。

「妳生病了？」小嫚再次問我。「還好嗎？」

我沒有回頭，幾秒鐘的空檔，讓我能稍微平撫見到她時排山倒海而來的情緒波濤。

「還好，」我慢慢地說。「只是早上有點不舒服。」

「我聽了很擔心，所以就沒叫妳去吃早餐了。」小嫚的聲音帶著笑。「可惜喔，妳知道我跟蔡明亮約了中午出去玩嗎？」

「嗯。」我覺得心頭酸酸的，可是盡量不表現出來。

小嫚笑得燦爛，她似乎一點也沒責怪我不叫醒她。「我一大早就起床了，天哪！我第一次這麼早起床喔。大概半夜三點開始我就斷斷續續地醒來，一直看手錶，看時間還沒到又倒下去睡，睡了一下子又爬起來……五點的時候我眞的睡不著了，坐在床上跳來跳去好高興、好興奮，我第一次這樣失控。」她說得流暢，臉頰紅紅的。

我把床上的大枕頭拿下來，坐在塑膠地墊上，抱著枕頭默默聽她說話。

「妳知道我們去哪裡玩嗎？去鶯歌！鶯歌喔！騎摩托車過去的，好好玩呀！我們逛了好多間陶藝館，還在那裡喝了咖啡吃了晚餐才回來。路上好冷，天氣要變涼了。」她問：「妳今天去哪裡了呢？剛剛我來的時候，聽橘頭說妳和學長出去了。哪個學長啊？不會是阿茂吧？」

我沒回答，只是把臉深深地埋進枕頭裡。

好多夜晚我抱著枕頭滾來滾去，那些快樂都到哪裡去了呢？我覺得現在的自己是在受苦受折磨，聽著小嫚愉快地敘述，我的快樂一點一點地消失掉了。

爲什麼不能大聲說「不要再告訴我這些了」？

爲什麼不能明白告訴小嫚，「我也喜歡學長，不是只有妳喜歡而已，我也喜歡他、喜歡他！」

爲什麼不能坦率？不能把愛說出來？

愛沉澱久了，就發酵成酸澀的醋；我的情緒埋久了，就不能坦白。

「妳知道嗎？我現在才曉得蔡明亮不會吃辣，哈哈哈！一個大男生怕吃辣耶！」小嫚的笑聲異常刺耳。

「小嫚，我身體很不舒服。」我現在是眞的不舒服了。

「那妳告訴我，妳到底跟誰出去了？是阿茂對吧？一定是他啦。今天早上我聽蔡明亮說，阿茂好像滿喜歡妳的。」小嫚太過爽朗，完全不在意我隱約的暗示。

「我知道。」我悶悶地回答。

「蔡明亮跟我說，阿茂不太擅長和女孩子說話，看起來個子挺高大的，但其實很老實，跟女生說一句話都會臉紅。不過他曬得黑，誰也看不出來他害羞。」小嫚喘了一口氣，又說：「蕙，妳如果喜歡阿茂的話，我可以幫妳喔！這種男生我最懂了，他很好拐的。」

我搖搖頭。「我不想要拐他，我並不喜歡他。」

「啊！為什麼？」

「我有自己喜歡的人。」

「是誰啊？」

「……」

「說嘛說嘛！是誰呢？」

我抬頭看她，小嫚背著桌上的燈光，一張臉看起來暗暗的，但她的眼睛卻出奇水亮，盈滿了好奇。

看她那友善溫柔的神情，不知道爲什麼，我好不容易鼓起的勇氣就像被針刺破的氣球一樣，「砰」的一聲就爆開了，煙消雲散。

「妳喜歡誰？是我們系上的嗎？是外系的嗎？是研究所還是……根本不是我們學校的呢？」

我搖頭不說。

「爲什麼不說呢？我們不是好朋友嗎？」

「因爲我跟他大概永遠也沒有結果。」我好不容易擠出這句話。

「爲什麼爲什麼？他拒絕妳了？」

「沒有。可是我想結果就是這樣。」

「他有女朋友了嗎？」小嫚比我還熱心，她推開椅子，也滑坐到地板上。

我緩緩地搖頭。

「那就好啦，對方沒女朋友又沒拒絕妳，妳先別垂頭喪氣。」她笑了起來，用力拍了拍我。「跟我說，妳是怎麼遇見他的啊？」

「很巧，一開學就碰到了。」我老實回答，「他是我在這個學校認識的第一個人。」

「眞的？哇！那是我們學校的人啦！快快，跟我說，他長怎麼樣？帥不帥？好不好看？」

「不會很好看，不過我覺得很好。」

「這就是情人眼裡出西施囉。」小嫚笑得好開心，「我也覺得蔡明亮長得很好看，以前看到他的時候，並不覺得他有什麼帥的地方，可是現在我喜歡他，所以覺得他雖然平凡普通，卻比其他人都帥。」

我懂小嫚的感覺，那也正是我的感覺。

只是，她能正大光明說的情緒，卻不是我能夠掛在嘴上的。

「學長喜歡妳嗎？」我好不容易才能把這句問話說得順暢。

「妳是說蔡明亮嗎？」小嫚瞅著我，一臉淘氣。

「嗯。」

「……」然而她沒有立即回答，反而遲疑了幾秒鐘，像是思考著這個問題，非常的不確定。「我也不知道，應該是還好吧。」

「妳不是跟他一起去玩嗎？而且，我昨天看見妳在餐廳那邊跟他說話，談得很高興。」

「咦，妳有看到？」小嫚反問我。

「嗯……路過的時候看到。」我說謊。

小嫚突然對我露出有點傷感的微笑。「只是說說話、出去玩而已，又不算什麼。」

我不確定地看著她，不能理解她的意思。

「我和蔡明亮啊，能談得來，可是不知道還缺了什麼，總覺得這個人好像跟我隔了好遠的距離。不是說我不好或是他太差啊，就是覺得我們中間隔了層什麼，好像有一條大大的鴻溝。」她說著，把雙手拉開一個距離。「怎麼也不能踏過去，我踏不過去他也走不過來。」

「這需要時間吧。」我說。

「有些事情是時間也不能改變的。」小嫚慢吞吞地說。「我有預感，我和他可能會因爲這個差距，只能當朋友。」

「……」

「蕙，我跟妳說，每次看見蔡明亮我就覺得又高興又傷心，高興的是我可以和他說說話，也許能更了解他的事。可是我永遠都不能踏過那道鴻溝，我不可能抓著他的脖子叫他跟我談戀愛，感覺不對怎樣都不能在一起。我知道他是個好人，他不會把事情講白了讓我難過，可是……不管怎樣，我們也就是這樣了吧！」小嫚靠在我的肩膀上。「我想我最多就是到這裡了，我好喜歡他，可是他最喜歡的人不是我，我跨不過去。」

我閉著眼睛，半天沒說話。

「我每次看到他的時候就會想，啊！我怎麼那麼笨呢？花這麼多時間在暗戀一個不會愛我的人身上，這根本是浪費時間啊！可是轉念又想，如果能再多付出一點，說不定下一分鐘，就能跨過這道鴻溝到他身邊去了。我想被愛啊，被他愛，無關其他人，其他人的愛我誰也不要。我就喜歡他呀！」

「但他不喜歡妳……」我低低地說。

「喔，妳說柳欣宜？沒錯，我覺得，他還喜歡她。可是蔡明亮說，他們其實沒什麼，他已經想開了。但我不相信。我說他一定還把心放在學姊身上，可是他卻說沒有沒有，說到最後都有點生氣了，是眞的生氣喔，不假的。」小嫚皺起眉頭，「我有時候會想，覺得自己這樣癡癡地喜歡一個人到底是爲了什麼呢？我好想知道喜歡一個人到底最後會剩下些什麼？到底到底，我有沒有可能跨過這一段，到他那邊去呢？」

小嫚的聲音在房間裡轉來轉去，聽起來就像是很冷很冷的風一樣，把我的情緒也冰凍起來了。

「蕙，妳如果喜歡上一個人，要趕快去抓住他喔，因爲虛虛實實不清不楚的愛情最折磨人。我已經受夠了，每次我都覺得自己快要抓住他了，卻什麼都沒有，這樣的掙扎不知道要到什麼時候才會結束。」

「沒關係，」我輕聲安慰她。「總會結束的。」

沒關係，總會結束的……總會結束的，結束結束，總會結束的。我的聲音夾在小嫚的冷風裡，不斷迴旋、翻騰、上昇、下落。

不能責怪誰，誰也沒有錯。

愛情就是這樣，愛上一個人、不能愛一個人，這樣簡單的二分法，我們卻都被困在中間，轉不出身來。

橘頭回來時，看我還坐在原地發呆，說我們都瘋了。「花點時間在考試上可以嗎？」

她質問地大吼，然後把整理好的筆記扔在我桌上。

爲了惡夢般的期中考，我再渾渾噩噩也得回神。

因爲忙碌、因爲刻意逃避，有快一個星期的時間，我都沒再去早餐吧台買東西吃。

不知道該怎麼面對學長，面對一個我喜歡卻不能喜歡的人，要用怎樣的表情怎樣的語調怎樣的動作交談？

不能再裝得若無其事。每天晚上，我總希望自己能躺上床就立刻睡著，因爲多餘的空檔會讓我一再想起他、一再一再一再地讓自己快要死心的絕望復甦。每次想到他時，我會忍不住用力捶枕頭，或是猛力甩頭髮好讓自己清醒點……眞傻！這樣怎麼能把他的影子摔出我的腦袋呢？

我用一種類似烏龜躲藏在殼裡的方式，每天躲在圖書館裡，害怕會再看見他，卻又期望能再見到他！

我不快樂，我很不快樂。

這樣的愛情就像是黑色，像阿茂喜歡的那個顏色，我討厭它。

然而阿茂常常來找我，我也沒有拒絕。

我想我不能拒絕，因爲沒有理由啊。我怎麼能告訴他，我喜歡的是學長不是他呢？

那一定會傷害到他的吧？就像我害怕被學長傷害到一樣。

阿茂每天都到女生宿舍來報到，等我去上課、等我下課、等我吃飯、等我散步，他彷彿很快樂似的，每次看見我都會咧開一口白牙。

為什麼他能這樣開懷地笑呢？

所以我總是勉強自己陪他笑。

阿茂很單純，我慢慢地發現，他是那種純眞不虛假的男孩子，想笑的時候就笑了，想苦臉的時候也不會看時間地方，他想說什麼就嘩啦啦地說出來，一點都不保留，說完之後接著沉默一整個晚上。

跟他在一起，其實我不需要花很多力氣，我不用為他著想，也不要他為我著想，雖然阿茂總是會特別想到我，替我做這個做那個、拿這個提那個……他好像很適合打點家務而不是讀書，總是會替我週到地把一切都弄好了，然後憨憨地笑個沒完。

我對他有虧欠，因為事實上，無論他對我多麼好，我還是不能愛上他。

有時候在路上遠遠地看見學長走過來，我就轉身往另外一個方向溜掉。看見他很喜悅，可是逃走的時候，那一肚子委屈眞是說不來的。

我不會逃開阿茂，因為我不在乎他。

我逃開學長，因為我愛他愛到牽腸掛肚的地步。雖然不見他，可是他的一舉一動我都知道。

中文系的系館和資管系的系館遙遙相對，矗立在斜而陡峭的山坡上。從我這棟大樓的四樓窗台往山那邊看過去，正好就對上資管系二樓的一整排教室。

因爲隔得遠，從我這裡看那邊，人都小小的。

然而每節下課，我都會到四樓去，站在窗台上往那頭拚命地看，期望能看見學長走過去……遠遠地看一眼也好，想知道他今天高不高興、快不快樂？

有時候運氣很好，天氣晴朗，陽光暖暖地灑在對面的白色建築上，那敷牆的磁磚，彷彿就像鏡子一樣地淺淺倒映秋色天光，湛藍的天空就像是覆蓋在大樓上，一抹一抹的浮雲來來去去。

這時候我會看見學長從教室裡走出來，他也許只是走出來想伸個懶腰、跟同學聊幾句話，我遠遠地甚至能看見他笑起來的樣子，就像我一直想著的那樣，和善溫柔。有時候我會看見他站在走廊上凝神想事情，我好想知道他在想些什麼，神色那樣專心，然而我也只能站得遠遠的，看著他、揣測著他的心情。

小嫚說她和學長之間有距離，是不能跨越的鴻溝。

我和學長之間也有好深好深的一道鴻溝啊！

這一頭的我、那一頭的他，兩個人就像是怎麼串也串不起來的珠子，散了一地，怎樣都組不起來。

然而事情總該有變化。對我來說雖然僵持是件好事，而我甚至希望這模稜兩可的局面能繼續下去。

學長跟小嫚沒有進展；我和阿茂就停留在原點。

這是一個平衡點，我們四個人都卡在同一個點上，不斷地自轉，然後互相牽連對方的運行。

有人會覺得這樣的拖延磨蹭無疑是浪費時間，可是我卻希望能繼續下去，若有似無、似近實遠……這樣很好，沒有結局也很好。

在眼下，我深深覺得，自己至少還擁有什麼。

可是改變突然發生，誰也不能防備。

※

學期過得好快，我覺得好像才剛開始新鮮人的生活，卻一下子就過去了，寒假即將來臨，宿舍裡開始出現堆積如山的紙箱、塑膠袋，書和雜物從走廊的這一頭淹沒到那一頭。

每個人都想趕快過完這最後幾天，離開學校、享受長假。

「回南部、回南部！」橘頭大聲嚷嚷，「我快受不了台北這種陰陰雨雨要死要活的天氣了，眞想趕快回家去看看高雄晴朗的陽光！」

我沒告訴她，不是每個台北人都喜歡這山上陰濕漫雨的氣候，我也不喜歡入冬後寒冷的溫度，整天下著雨，連牆壁都要發霉。

可是想到要離開學校，又好捨不得。我不想回家去，回家之後，整個寒假都看不到學長了。

在學校，至少還有機會偷偷看他啊！

然而拖延不能解決任何事情，無論我怎樣不情願，學期還是接近尾聲。最後一天，我趕在收件截止的日期前，一大早就把熬夜寫完的幾份報告送到系辦。

那是一個典型的山中早晨，山霧朦朦朧朧的，空氣中飽含水氣，好像要下雨，又像是已經下過雨了，泥土地上陰濕陰濕的，可是走在上頭並不沾土，兩旁的草葉樹木上掛著一串串的透明露珠，日出害羞地躲在雲霧之間，還沒完全探出頭來。

冬天的早晨，溫度很低，呼吸時眼前會冒出一縷縷的白煙，我覺得很好玩，於是就站在餐廳外的樓梯頂端上小心呵氣，看著煙霧一點一點地浮騰。

學校裡的人都走得差不多了，而我因爲報告的關係，拖延到最後，預計早上交完報告後，好好睡一覺，下午收拾行李，明天再請爸爸上山來替我搬家。

這偌大的校園裡，平常無論白天晚上都是人，然而現在，在這個時候，大家都走了而我獨在。整個校園空盪盪的，好像只有我一個人，環顧四周，學校簡直就像是我獨有的一樣。

煙嵐爲我而飄渺、山風爲我吹拂，一切都是我的，唯我獨享。

這樣的想像讓我非常滿足，我看到了其他人所不能看到的美景，享受了被忽略的寧靜。

系館裡只剩下助教在等著收報告，其他人都已經在昨天交件。「妳啊，真會拖時間！」助教笑著說：「快點交了吧，我也想放幾天假，好好休息。」

離開系辦後，我在學校裡閒逛。

心情很輕鬆，沿著彎彎曲曲的山路漫無目的亂逛，想把整個學校繞過一圈，然後再回宿舍去補眠。

我走到資館系外時，聽見有個聲音喊：「學妹！嘿、嘿！看這裡看這裡！」

我四處張望，並沒有發現聲音的來源。

「在這裡啦！往頭頂看！樓上樓上，五樓！」

抬頭看，五層樓上有個模糊的人影朝我揮手。

「妳等等喔，我現在下來。」他用手圈著嘴巴大吼。

明亮學長的人影出現在大樓入口時，我只能用目瞪口呆來形容自己的表情，那是我沒想過的偶遇，一直想要逃避的人，卻怎樣也逃不開。

「學妹妳還沒回家嗎？」學長關切地問，「瑞峰和阿丁他們都回去了呢！」

「我我、我知道啊我知道啊……」我的理智瞬間凍結，開始胡言亂語。「我知道啊我還沒回去對啊我就是還還還……還沒回去還不打算回去。」

明亮學長的眼睛好漂亮，他用那雙眼睛瞅著我。「那妳什麼時候要回家呢？」

「跟跟……跟跟我爸說了，明天啊。」我結結巴巴地回問：「那……學長你呢？」

「我在玩系上的電腦，妳要不要上來坐坐啊？」他很誠意地邀請。

「我？」

「對啊，我們系上的人都走得差不多了，剩下的幾個，都趁機偷偷霸佔教室玩連線對戰。妳會玩連線遊戲嗎？要不要上來看看嗎？」

「我我我……」我根本不知道該怎麼拒絕，事實上，我也不想拒絕啊。「好啊好啊！」

學長拉住我的手轉頭就走。「我剛剛想去倒點水喝，沒想到看見妳在樓下走來走去，怎麼了？妳在幹什麼？」

「在散步。」我想要把手抽回來，但只是輕輕一抽，又不動了，乖乖跟著他的腳步往前。「因爲剛剛交了最後一份報告，心情很輕鬆……沒想到會碰到你。」

的確是沒想到！

「妳有玩過網路嗎？」他問。

「上、上電腦文書處理的時候，老師有講過一點點。」

「會用BBS嗎？」

「嗯，只上去過一、兩次耶！我不太習慣太科技的東西。」

「不會啦，我教妳上去妳就會了。之前我還想過，不知道妳會不會上網，這樣，我們可以在網路上碰面聊聊。對了，妳好久沒來吃早餐了，最近好嗎？系學會的事情都處理得差不多了吧？還有什麼爲難的事嗎？」

最爲難的事情就是你……我很想這麼說，但話到嘴邊，幸好沒吐露出來。如果現在有面鏡子，我一定會看見自己臉紅得厲害，慌亂地思索著該怎麼把這話帶開。「事情已經解決，沒什麼問題了。我最近沒去，是因爲……因爲我……現在比較喜歡吃福利社的三明治。」

「那太可惜了。」學長並沒有多說什麼，甚至沒問我關於阿茂的事情。

我和阿茂在大家的眼中儼然已經成爲一對，同學和室友說起來時，都不會忘記順便亂虧一氣，就連小嫚也掛在嘴上說個沒完。

「眞沒想到妳會看上阿茂！」她總是笑著這麼說。

每次看見她這樣笑，我都覺得很難過。對我自己的憤怒、對小嫚無法誠實的愧疚、對阿茂敷衍的不安，種種情緒交織成一片怎樣也不能說出眞實之音的大網。

只有橘頭知道我跟阿茂沒可能，有時候我會和她訴說一點內情，可是對於明亮學長的事，隻字不提。

我向來不是一個能隱藏祕密的人，但在這一點上，卻做得滴水不漏。

但明亮學長一定曉得我和阿茂的事情，因爲阿茂每次來，嘴上都會掛著「亮哥這樣說、亮哥那樣說」的口頭禪。

阿茂和許多男孩子一樣，是個神經粗線條、生活態度略顯散漫的人，但他和別人最大的不同點，是其他人會遮掩自己的缺點，表現出完美的一面，但阿茂對此很不敏感，他似乎不覺得那算什麼缺點，就某方面來說，他誠實得叫人害怕。而明亮學長顯然深知這一點。

我欣賞阿茂的質樸，也覺得他的不拘小節，並不讓我討厭。

「你常常跟明亮學長說我們之間的事情嗎？」有一次，我問他。

「嗯，因爲學長很關心啊。他說我要是不小心點，就會把妳嚇跑……不會吧？我不會把妳嚇跑吧？不會吧？」他憨憨地問。

「不會啊。」我說，很勉強的。

阿茂不會把我嚇跑，因爲我只當他是朋友。

做朋友，我能接受的彈性很寬，要淡薄要濃洌都可以自行調整，但愛情不能調整，愛就愛上了，要怎麼把感情由濃轉淡？

我和明亮學長走進一間教室。與其說那是一間教室，不如說是一群浪人的狗窩。沿著牆壁，四邊都是桌子，大大小小的電腦和螢幕一字排開，每個螢幕前都坐著一個戴眼鏡的四眼田雞，敲擊鍵盤和滑鼠點來點去的聲音，交織在四面牆中。中央有塊空地，幾個睡袋歪七扭八地攤開，到處都是空泡麵碗和垃圾袋子。

「這是中文系瑞峰的學妹。」明亮學長稍微提高音量，向旁邊的人介紹我的身分。

「喔。」幾個人抬頭看了看我，又低下頭去。「幹，亮豬快點開團來救命，我被那兩隻打好玩的，都快破國了！」

「你不是蟑螂大王嗎？快帶人逃啊！」學長笑著說。

「你們裝死，放我一個給人家當炮灰轟，到底有沒有同學愛啊！」

學長不理會其他人的叫囂，移一台空電腦給我，並推了兩張椅子過來坐。「沒上過BBS？那我教妳最基礎的。妳回家之後，如果家裡有電腦，也可以上網來玩玩。網路很重要喔，學校裡有什麼大小事情都會在網路上公佈。」

「你會上網嗎？」我問。

他失笑，「當然啊，學妹，妳也不想想，我是哪個系的。」

「我不是說這個，我是說，你平常會上網路嗎？」

「咳！」剛剛在一旁大喊軍情危急的學長突然插嘴。「亮豬是網路上的7-11他連夢遊都上網抓色情圖片，網芳可以媲美美國五角大廈資料庫……」

周圍零零落落的有人笑了起來。

學長二話不說，一鍵盤把對方打了回去。

「我、我家沒有電腦。」我遲疑。「我想買一台，可是很貴吧？」

「那趁寒假打個工吧，電腦不貴的，我可以幫妳組一台。小嫚也說下學期要組一台電腦。」明亮學長語氣從容地回答。

「小嫚？」

「對了，妳可以請阿茂幫忙，阿茂也很強，他在學校裡還弄了個工作室呢！詳細價格的話，妳可以問問他。」

「……」

學長調整螢幕、移動滑鼠，「妳不是和他很熟嗎？」他對我擠眉弄眼的。

我覺得不舒服極了，學長說起小嫚的語氣，和他說到阿茂時眼神，都讓我很不愉快。

可是怎樣的不愉快，都是可以忍耐的！

我並沒有辯解，在這時候，辯解任何事情都顯得多餘而無謂了。

偷看了一下他的側臉，學長正專心地注意著螢幕，那直視的眼神和專注的表情，真讓我傾心。

「來，看這裡……」他突然發現我在看他，偏個頭對我笑了。「嘿，妳在呆什麼呢？」

爲什麼你要對我笑呢？我無聲地問。爲什麼呢？

那樣的微笑，會讓我好不容易想要自制的情緒又飛騰起來，又不能掌握了呀！

如果我們之間沒有小嫚、沒有阿茂、沒有柳欣宜學姊，是不是就能夠在一起呢？我老是這樣問自己。

可是心裡最理智清明的聲音總是告訴我，那是不可能的。

沒有任何的阻礙，我還是不能和學長在一起。

不是別人不讓我們在一起，不是我做錯了什麼或誰做錯了什麼，有些事情就是這樣的啊！有些人，怎樣都不能夠走同一條路。

可是，看見他這樣的笑容，爲什麼我會莫名地又開始有期待有希望？那是不應該的喔！我不能再踏出限度之外，做不可能的期盼了。那是會造成危險的喔，筱蕙，每個人都有自己的限度，每個人都只能做限度之內的事，太強求，也許會什麼都沒有。

可是學長，你這樣的笑，會讓我覺得自己應該再一次踏出界線之外去試一試。失去一切都無所謂，我就是想要你啊！

心中吶喊著，可是表面上，我的神情卻平靜無波。

我知道自己的僞裝能力有多強，事實上，我也是到最近才發覺，原來我有出乎常人意料之外的造作、絕對的虛僞。

我可以把現實過得比演戲還高明啊！

隱藏想說的、隨時展露歡笑……雖然我已經憋得快要發瘋、好痛苦了！多麼羨慕小嫚，爲什麼她就可以用眞面目毫不掩飾地表現自己？爲什麼她就可以坦白情緒？爲什麼她就有膽能把心裡喜歡的討厭的通通說出來？

難道她不會害怕？不曾恐懼會因爲過度暴露內心而被傷害？

她甚至不知道什麼叫作傷害吧？

「妳上課都是這樣的嗎？」明亮學長喚回我的神遊。「眞不專心啊！」他說話的口氣是笑著的，彷彿很輕鬆、不當一回事。「在煩惱什麼嗎？覺得妳好像總是在不安。」

「哪有！」我回答得心虛。因爲慌亂，差點咬到自己的舌頭。

「沒有嗎？」他側著頭看住我，螢幕的光影閃來閃去，我很努力地把目光焦點瞪死在滑來滑去的滑鼠游標上，盡量不看他。

「當然沒有。」這話回答得眞是氣短。

明亮學長沒說什麼，只是微笑看我。

然而我卻笨拙地讓自己的眼睛跌入了他的笑容大海，一瞬間又恍惚了起來。

他用原子筆敲了敲我的腦袋。「天哪，妳又呆住了……這腦袋是怎麼長的呢？裡面裝了些什麼？」不嘲謔的說笑語氣。

我只能尷尬。「學長，你能不能不要老對我笑？」

「有嗎？我有笑嗎？喔，對喔，我在笑。可是，爲什麼不能對妳笑呢？」他促狹地問，像是抓到了我什麼弱點一樣。

「因爲我……嗯……」我結巴得近乎是胡言亂語了，「那樣會讓我很很很……很不很不、很不自在啦。」

明亮學長的眼神閃了一下。

我有種愈描愈黑的感覺。「我、我怕男生……」

「啊！妳說妳怕什麼？」

「我……我說、我說我……怕男生。」一面說，我一面把椅子往旁邊移開些，試圖脫離殺傷力範圍。

「眞的？」學長的表情就像是發現了一個好玩的、有趣的玩具。「眞的？爲什麼會怕？學妹，妳有恐男症？那，妳也怕我囉？」

他的好奇滿溢出眼眶。而我不知道該怎麼回答。

我原來只是想要找個藉口離他遠一點的，可是看學長這個模樣，還有他身邊那些正豎起耳朵偷聽的傢伙們……我的老天，現在連後悔都來不及了。

「那妳跟阿茂要怎麼相處？」他問得直接。「妳也會怕他嗎？」

我的腦漿幾乎燒乾。

「妳是怕男生靠近妳，還是怕跟我們說話？」他繼續問個沒完。「爲什麼會害怕？可是我是學長耶，我不會對妳怎樣的。」說著，他突然把手按上我的肩膀，整個人往我這個方向貼過來。「這樣，妳會害怕嗎？」

我來不及分辨那是什麼感覺。

好像太過頭了！

不，我不是說他的動作太過頭，是我覺得整件事情太奇怪了，這好像是一場夢，學長跟我坐得好接近，我們兩個人對著一台電腦，而他居然把手放在我的肩膀上，整個人貼到我的眼前……從我的眼睛看過去，正好對上他的眼睛，這要是作夢的話，我希望永遠不要醒來！

可是我突然全身發抖。

說不出來爲什麼要發抖，好像是太高興了，又好像是太傷心……好奇怪，這是什麼感覺？我不能用自己已有的情緒指標來判斷。我激動得簡直有點古怪、有點不可思議了。

學長的眼睛就像我想的一樣漂亮。

黑色的眸子看久了，似乎會幻化，帶著點深深的棕色，那麼深那麼深的顏色，就像是海洋無邊無際延展的深處才能看見的顏色。明亮學長就這樣盯著我，還帶點淘氣試探的意味，而我的腦袋卻不能控制地狂響起警鈴。

「不會害怕嘛，妳習慣就不會怕了，男生跟女生都一樣啊。」他在說什麼我已經無法聽進去了。「嘿，學妹，別這樣……」

我只看見他帶笑的眼神和微微勾起的嘴角，不知道爲什麼，我覺得自己再也聽不見任何聲音，這瞬間，我的所有知覺好像全部都罷工了，什麼感覺也沒有、什麼也不知道，腦袋裡是一片空白，心裡也是，所有喜歡啊、愛啊、討厭啊、厭惡啊、悲傷啊、喜悅啊，都化成了如白紙一樣的空白。

之後，每當我想起那奇妙的僵局時，總不自覺微笑。

我常常想，如果這窘況再多持續兩秒鐘，自己會有怎樣的反應？

我一定會不顧一切地吻他或是抱住他，不管他的同學們怎麼看，不去想小嫚、不去想學姊……我想我會吻他。

我一定會吻他！

可是那張討厭的椅子，讓這樣的衝動，變成了永遠的想像……

我椅下重心不穩，「砰」的一聲，整張摺疊椅向後翻倒下去。

因爲毫無防備，我整個人也隨著四腳朝天地摔在地板上，做出青蛙被踩扁的可笑姿勢。

「學妹，」我看見他的眼睛突然距離我的眼睛好遠，那快速的抽離，讓我還以爲是他突然退了回去。「小心——」

來不及了，下一秒鐘，因爲後腦杓的猛烈撞擊，讓我大聲喊了出來。「好痛！」

這是我有生以來摔過最慘烈的一跤。

慘烈的不是姿勢、不是受傷、不是被誰看到被誰笑，慘的是，我們都希望在自己心儀的人面前表現最好的一面，而我卻總是在學長面前出糗。

「妳有沒有事情？」他很快把我從地板上拉起來。「撞到哪裡啦？」

四周的人也騷動起來。「很痛嗎？要不要送去醫護室？哪裡痛啊？撞到腦袋……」他們說話的聲音好響亮，但是聽起來卻很不清楚，「嗡嗡嗡嗡」的話語聲在我耳朵裡混成一片沒有意義的吵雜。

「我帶妳去醫護室看看好不好？」明亮學長一臉愧色，「這很重要。快去看看是怎樣了……眞對不起，我不是故意嚇妳啊！」

我忍不住哭出來。

他更擔憂了。「別哭嘛，很痛嗎？」他把我拖到走廊上，揮開那群像蒼蠅一樣的同學。「你們進去啦，我送學妹去看看。」

「當然要送囉，人家是因爲你受傷。」他的同學們很正義地發難，「學妹要是變成了白癡笨蛋，你後半輩子六十年都要照顧她了！」

我眞不知道這些男生到底是有意無意，總之，他們不拘小節的話，有時候直接到令人難堪。

明亮學長做出驅趕蚊子的動作，然後趕快拉著我往樓梯走。「快快，趕快去看看到底摔得怎樣了。」他在走廊上藉著天光照映，伸手在我後腦杓上亂摸了一陣。「這裡會痛嗎？這裡呢？有腫起來嗎？妳會不會覺得頭昏啊？」

我被他一陣亂揉才眞正要昏了頭。

他的手勁很大，被他這樣又揉又捏的，我已經搞不太清楚到底是因爲摔倒頭痛，還是被揉得頭疼。

可我沒有推開他。

學長的手很溫暖，他的手在我後腦杓漫無目的地擠壓搓揉，我只覺得眼淚快要飆出來，過了很久之後，他手鬆一些，我才慢慢退開。

「好了啦，」我含著眼淚說。哭並不是因為摔得痛，而是覺得自己有股說不出來的氣餒，我們距離這麼近的時間總是特別短，好像眞是有緣無份。「我不會痛了。」

「可是妳哭了呢！」他不安地說，臉上一點笑容也沒有。

「因爲你揉得很痛啊，我腦袋都要被捏扁了。」我的語氣帶著幾分嬌縱。

然而學長並沒有不快的神色，他連連道歉，「對不起啊！」

我不是要他道歉才這樣說的，他道歉，反而更讓我覺得尷尬。「你不要說對不起，剛剛是我沒坐穩。」

「可是是我嚇著妳了。學妹，妳不要生氣好嗎？我有時候會這樣，有時候、眞的只是有時候而已！我知道自己有點愛惡作劇的壞習慣，妳不要放在心上，好嗎？」他一再道歉。

你做什麼我都不會放在心上，你就算燒了這個世界，我也會站在你這一邊。我腦袋裡想著，可是嘴上卻不乾脆，「哼，我要跟小嫚說你欺負我……」

這句話來得無影無蹤，說出來卻像是棍子「砰」的狠狠一聲，砸到了我和他的頭上。我爲什麼會提到小嫚？莫名其妙……與學長對坐到現在，一直沒想到她，然而張口的時候，她就跳出來了。

小嫚小嫚……

我們兩個，瞬間就像是被扯到了什麼把柄似地突然沉默了。

那是近乎難堪不安的沉默，好像有什麼祕密被揭發一樣。我恨不得當場賞自己兩巴掌，卻又要硬裝作若無其事，然而不管怎樣僞裝，我就是低著頭猛瞧地板，不敢看學長的臉色。

「妳要回宿舍了嗎？」過了很久，他才慢吞吞地問。

我沒說話，點點頭就算回答。

「我送妳回去吧。」他說著，轉身，搶在我面前先走。

我跟在後頭不說什麼，只是跟著跟著、一步一步跟著。我知道自己是個笨蛋，可是從不曉得自己居然能笨到這種程度！

「學長……」鼓足很大的勇氣才能再喊他。

「嗯？」

「對不起啊。」我說。眼淚快要掉出來了，可是卻怎樣都不能流，沒理由掉眼淚的，我如果在這裡流淚，無疑是洩漏自己的祕密了。

「爲什麼道歉？」他停下腳步。

我低著頭，繼續看地板。說道歉很容易，要說明道歉的原因卻很難啊。「因爲……因爲剛剛在你那邊出糗了，對不起，學長的同學都看到了吧？」

我可以感覺明亮學長的眼睛一直盯著我看，那種感覺就像是全身都被輕微電流刺激到，麻麻的，從頭頂一直麻到腳底。

「始作俑者是我，妳不需要道歉。」他轉身繼續走，在我前方，隔著三、四步的距離。

我完全能體會小嫚所說的距離感，這數步的距離眞的好遙遠好遙遠，好像永遠也跨不過去了。

那是心的距離吧！我明白。

一個不坦白、不成熟、不懂得說愛的人給自己製造出來的距離。

那個人就是我自己！

明亮學長送我到宿舍門口。

「明天要回家了？」他沉默了一路，最後才開口。「這個學期在學校裡，還過得適應嗎？」

我點點頭。

「變得很快吧！」他說：「這半年的時間，很多事情都不一樣了，對嗎？」

我不能理解他指的是什麼，只能悶著不吭聲不回應。

「晚上要去哪裡吃飯？」他突然問。

學校裡大部分學生已經回家，餐廳也都關門了，只有福利社還在固定時間開門營業。

說到吃飯，只有求救於泡麵和存糧。

「我有買泡麵。」

「吃那個對身體不好。阿茂沒跟妳說過嗎?」他用譴責的口吻嘮叨了幾句,突然語氣一轉,「妳想不想去吃深坑的豆腐?」

「啊?」

「深坑豆腐啊!山下的,還有小林肉粽……」

「我嗎?」

「當然啊!想去嗎?晚上我要下山吃飯,妳去嗎?」他問得輕鬆閒適。

但我已經緊張得快要抽筋了。「我……」

「總不能放妳在山上吃泡麵過日子吧?妳沒交通工具,對吧?」

「對、對……」我又開始結結巴巴了。

「要跟我去吃晚飯嗎?」他問。「要嗎?」

要要要要要!我尖叫的迴旋幾乎震破了腦袋。可是不知道爲什麼,臉上的神情卻一點也感覺不到高興或歡喜,我想我的臉皮一定是太厚了,所以無法做出應該有的回應,反而還顯得有些不情願。

「不想去嗎?」

我沉吟了一會兒。「可是……」可是什麼?當然要說好。「可是我想,天氣好像不是很好的樣子,而且我也有點累了。昨天熬了整夜,現在想回去補眠,怕會睡太晚,起不來。」我說了完全違背內心眞正想法的話。明亮學長點點頭。「這樣啊……」他一臉無所謂，「也許妳比較想和阿茂一起去吃飯，對嗎？那好吧，我會跟阿茂說的，他晚一點就會上山來了。」

不要跟他說！我並不想跟其他任何人去吃飯啊，學長！我只想跟你去。可是為什麼說「好」這樣難，說一聲「願意」這樣不容易？我為什麼就是沒有辦法把自己眞正的意思說出口呢？

學長沒再說話了，他伸手摸了摸我後腦剛剛撞到的地方，然後抱歉地笑了笑，揮揮手就離開了。

他碰過的地方熱熱地發燙，好像被火燒過。我自己用手摸了摸後腦，頭髮都亂了。仔細順伏的時候，還可以感覺到摔傷的地方很痛，好像腫起來了吧。

原來是這樣痛的啊！

可是一路從教室那邊走過來，我都快沒感覺了。

我還以為沒怎麼樣呢！

太矜持了，眞不知道自己在緊張什麼。我老是不能正大光明地坦白說話，連學長約我去吃飯都要拒絕，到底是為了什麼？我為了什麼要拒絕他？不是不喜歡他、不是討厭他、不是還記恨小嫚的事情……我知道，這些，都不是問題。

只是因為太喜歡了，所以要退開吧！

喜歡的東西就像熱火一樣，沒有撲火的勇氣，就不能完全擁有它。愛人的感覺好像正是如此，難怪大家都說談戀愛需要勇氣。眞正需要勇氣的不是說愛的果決，而是想要擁有一個人、想把一個人從頭到尾地收納到生命裡來的決心，那是要切開自己的某個部分去交換才能取得的。

暗戀的時候我可以擁有各種情緒，那是完全屬於我自己的。說愛說喜歡都是我的事，我，是完整的一個紀筱蕙。

然而跟明亮學長愈接近，就愈能感覺到不能掌握自己了。

我開始有很多不能說明的情緒出現，不知道自己到底要些什麼，不確定想要的是不是太過分了。

因爲這樣的不安，所以不能靠他太近。

我不知道學長想要些什麼，所以，不能冒險把自己的愛切下來交給他。

如果他想要的不是我，如果，這些都是我的想像……如果如果，有些事情在開頭的時候就注定沒有結果，那我應該早點退開。

趁我還能控制自己的時候退開，或許比較好。對我好、對學長好、對小嫚好……對我暗戀他的感情也好。

拒絕不代表我不喜歡他，就是太喜歡了才要拒絕。

愛情眞是奇妙的東西。

我看著學長的背影離去，消失在轉角的下坡，心底突然湧現說不出的惆悵滋味，一點一點的，把我慢慢吃了進去……再也吐不出來。

阿茂的電話在夜裡響起，我一個人坐在宿舍的桌前，地上堆滿成箱成捆已經收拾好的行李。室友都先回家了，橘頭臨走前，穿著她最時髦的短裙在我面前揮舞機票，「老娘要下山去逛台北，然後晚上飛機回高雄……下個學期開始的時候，妳會恢復正常吧？」

「我哪裡不正常了？」我趴在床上，睡意猶存。

她瞇著眼冷笑。「妳隨時都不正常啊！」

我趕快跳開話題。「我會打電話給妳。」

「回來的時候，我會帶我媽做的餅乾。」她笑著說，高跟鞋在我前面踩得一敲一敲。「寒假快樂，新年快樂！」

當她關門離去時，我知道，寂寞的寒假就要開始了。

這是上大學後的第一次長假，但我卻有點不想踏進假期的愉悅裡。

「筱蕙嗎？我是阿茂。」阿茂在電話那頭嚷嚷。「妳吃過了嗎？我剛剛從山下回來，妳要不要吃點熱的？我買了消夜，現在拿過去好不好？」

「嗯。」我只用鼻音回應他。

阿茂興高采烈地掛了電話，我聽見他最後在電話那頭喊著要去找我的聲音，心裡有點惻然。

三角形，我們就像是一個三角形的三條邊，互相接不上頭，只能算是一個散開的三角。

阿茂帶了一碗熱騰騰的麵線羹來。我站在宿舍樓下等他，外頭好冷，山風細雨夾帶著寒氣吹來，整個人快凍到骨子裡去了。

他穿著一件黑色的外套，從通往女宿舍的長階梯跑上來，路燈光亮落在他身上，頭髮亂得像是遭到龍捲風侵襲一般。

「哇，好冷喔！」他遠遠看到我就嚷。「妳進去，不要在門邊吹風，外頭很冷喔！」

我退後些，門外迎面的風的確很強，吹得人睜不開眼睛。山中的寒冬很要命的，我是第一次經歷，雖然之前有經驗的學長姊們都警告過了，可是，不是自己碰到，還是很難去感受。

阿茂跑進交誼廳時，整個人都濕透了。

「雨下得不大啊！」我奇怪，「你怎麼弄得全身都濕了？我等了好久。」

他喘了好幾下才能完整回答：「因爲我是從系館那邊跑過來的，都是上坡路，跑死人了，路滑得要命，我還差點跌倒。」他說著，從外套裡揣出一個大鐵杯，杯蓋打開來才發現裡面是麵線羹。「還熱的，妳快點吃吧！」

我很感動。

看著面前那還冒著熱氣的麵線羹，然後又看到阿茂這一身濕淋淋的模樣，想到他是怎麼從校園遙遠的那一端，抱著這個大鐵杯，冒著風吹雨淋的天氣在黑夜裡替我送來……我心裡暖暖的。

我向舍監借來衛生紙與乾毛巾，替他擦乾臉上的水珠。

阿茂笑了起來。他的笑容並不好看，是那種帶著憨厚和不好意思的微笑。「我自己來，」他害羞地說：「我可以自己擦啦！」

我推開他的手，擦完了臉頰又擦外套。阿茂一臉不知道該怎麼辦的神情，他大概是臉紅了吧，可是因爲皮膚太黑，我也不能確定。

「那個那個……」他小聲地道謝，「謝謝妳。」

我對他笑。「這種小事就不用說了。」

「對了，我有帶湯匙來。」他從外套口袋裡掏出一把鐵湯匙，拿了面紙用力擦拭。

「等等，我擦乾淨妳再用，剛剛我洗過了，洗得很乾淨。」

我接過湯匙，也許是他握得太緊、擦得太用力，鐵湯匙居然有點溫暖。

「你要不要也吃一點？」我問，「我去拿碗下來分。」

阿茂連連搖手。「不要不要，我已經吃過了，眞的吃過了，吃得很飽很飽。這一份是特地帶給妳的。」

「是嗎？」我沒再推辭或說客氣話，低頭吃起來。

阿茂就坐在對面看著我，我們兩人相隔的距離很接近，幾乎是頭對頭、面對面。

「幹麼這樣看著我啊？」我抬頭，正好對上他的眼睛。

如果對面坐著的是明亮學長，我一定會緊張得全身發抖語無倫次，然而因爲是阿茂，所以我完全不在乎。他看我也好，不看我也罷，我就算在他面前摔到頭破血流也沒什麼感覺，我不在意、不在乎，所以我反而能和他自然相處。

「嗯……」他支支吾吾的。「沒什麼啦！」

我沒再多問，專心吃東西，而阿茂找到了交誼廳裡電視的遙控器，打開電視在那邊猛轉台，就像是在玩電動一樣。電視的聲音正好塡補了交誼廳空盪盪的缺憾。

過了很久我們都沒說話，沉默無限蔓延。

他突然推了推我。「筱蕙……」

「什麼？」

「嗯嗯……沒什麼。」話都到嘴邊了，他卻又硬吞了回去。

「你要說什麼就快點說啊，不要吞吞吐吐的。」我有點凶。

阿茂的表情很怪，他看了我一下，又趕緊把眼光移到電視上去，無聊的八點檔女主角正抱著男主角哭得淚眼矇矓。

「那個那個……我只是想說、想說，」過了好久他才說話。「妳笑起來很好看！」

我手一鬆，湯匙掉進鐵杯裡去了。

「以後妳能不能常常笑啊？」阿茂的聲音每次聽起來都好像有點軟弱。「我很少看妳笑。」

「哪有！」我說，可是心裡知道的確如此。只有對學長我才會笑，只有想到明亮學長我才能笑。阿茂？看到他的時候，我心情都是很沉重的，哪裡能笑得出來。

我對阿茂眞的很抱歉！

可是人的感情如此誠實，誰也不能勉強自己去愛不想愛的人。

「我很喜歡妳笑起來的樣子。」阿茂說。

「始作俑者是我，妳不需要道歉。」明亮學長說。

我離開學校的時候，是抱著這兩句話走的。阿茂特地來幫我搬行李，爸爸看到他，先是皺緊了眉頭，然後悶聲不說話。

「寒假的時候，我能打電話給妳嗎？」臨別時，他問。

「不行。」我爸站在後頭搶著回答。

我推了老爸一把。「走開啦……」然後又轉向阿茂。「可以啊！」

阿茂笑了笑，他顯然有點怕我爸，不過這也難怪，因為我爸那一張臉，從看到他開始就沒好看過。「那就再聯絡。」他說。

「什麼再聯絡？」開車之後，我爸開始發飆。「他是誰啊哪來的小流氓妳什麼時候認識這種人為什麼不跟我說一聲啊妳要是交到壞朋友了怎麼辦啦……」

「緊張什麼？」我白了老爸一眼，覺得他太大驚小怪。「我們只是朋友而已。」

「什麼緊張我當然緊張我女兒交了個小流氓朋友我當然緊張啦妳快點解釋清楚那傢伙到底是誰啊黑不啦嘰的從非洲來的啊……」我爸一著急起來，說話完全不需要停頓，也不換氣，更沒有標點可言。「妳小心被人家拐跑了現在新聞上好多這種消息啊女孩子要聰明一點不要老是被騙這種小黑鬼妳以後不要跟他再聯絡了！」

「他是學長啦！」我有點不高興。

「學長？騙人！現在的男孩子最壞了，爸告訴妳的話，妳要記住啊，要小心，別被壞人騙了！」我爸好像忘記自己也是男性，不住地說著關於男生的壞話。

車子轉過彎道，快到校門口時，我突然發現路邊出現一道熟悉的人影。

「快停車！快停車！」我尖聲大叫，老爸被嚇得猛踩煞車。

他還沒來得及問我是怎麼回事，我已經推開車門跳下去，往學長的方向衝。

「學長！」我喊他。

「嗯？」明亮學長轉過身來，看到是我就笑了。「怎麼了，跑這麼急啊！」

「我、我要回家了，」我指指後頭，瞥見老爸從車上下來。他的臉色眞的是有夠難看……我趕快裝作沒見到。「學長你什麼時候要回去呢？」

「再說吧，反正系上也需要工讀生，我想這個寒假該趁機會多讀點書，爲以後考研究所做準備。」他說，伸手摸摸我的頭髮。「好了，妳快回去吧，妳爸爸在等著了。」

我不敢問，是不是能打電話找他。

回到車上，我爸的氣壓更低了。「又是一個學長……嗯？」

「你想說什麼就快點說啦！」我沒大沒小地嚷，在老爸面前是不需要虛僞的。

「我又還沒說什麼，妳幹麼那麼衝？」

「當然，反正你也沒什麼好話可說！」我頂回去。

「我是擔心妳啊！」老爸喊冤。

「我交朋友你擔心什麼？我都那麼大了。」

「就是因爲妳長大了，爸才煩惱啊！我一直以爲我女兒眼光很好的，怎麼看中的男生標準這麼低？」

「你是說阿茂？」我問。

「阿茂是誰？前面那個還是後面那個？」老爸反問我。

「前面那個。」

「那個黑鬼，哼！」老爸撇撇嘴，滿臉不屑。

「他是普通朋友。」我趕緊撇清關係。

從臉上表情我就知道，老爸根本不相信。「後面那個呢？」

「那個……是學長。」我說到明亮學長，忍不住心事重重起來。「我是想告訴你我喜歡他，不過我想他不會喜歡我。」

「什麼?」老爸大驚，「妳喜歡他?」

「有什麼好吃驚的。」我摀住耳朵，免得被他的高分貝震聾。

我爸的表情就像是吞了顆炸彈自爆一樣。「……那傢伙也長得不怎樣。」好不容易擠出一句話，大概是想罵人，可是又怕被我轟回來。

「喜歡一個人和長相有什麼關係?我喜歡他，就是喜歡他啊。」我說得理直氣壯。

老爸瞪著前方。「這種話不要說得太大聲。」

「為什麼不可以大聲說?」

「因為妳只敢對爸爸說話大聲，在別人面前看起來就像隻小老鼠。」

「……」

「你說他不會喜歡妳，為什麼?」老爸問。

「因為他喜歡我學姊。」

「很漂亮嗎?」

「嗯。」

「那個男人真沒眼光，」老爸下斷言。「我女兒哪裡比人家差?哼!」

我瞄了他一眼。「爸，你又沒見過我學姊，她長得真的很漂亮。而且我同學也在追那個學長。」

「妳同學?」

「好不好有什麼關係？我們……還好啦，曾經是很好的朋友。」可是現在我要疏遠小嫚。

「很好的朋友嗎？」爸問。

「對啊。」

「如果是很好的朋友，妳就讓讓人家吧！」爸說。

「爲什麼？」

「因爲，好朋友這一生沒幾個，可是愛情卻總是會碰到的啊！」

「我覺得正好相反，要是學長不喜歡我，就算有十個好朋友也沒用。」

「妳還小，」爸爸嘮叨。「不要交男朋友比較好。」

爸總覺得我還小，在他眼裡，我永遠是個小孩子，不要交男朋友、少跟男生說話……

老爸大概從沒想過，我已經快要二十歲了，而且在唸大學。

我已經不是小孩子了。

而且，我已經分得清楚自己喜歡什麼、想要什麼、愛什麼和不愛什麼。

可是，想要並不代表能得到。

我嘆口氣，不再說話了。

寒假中，阿茂來找過我兩次，或者該說是我找他。只要我打電話給他，要他上天下海大概都不會被拒絕。

我找他帶我去買電腦，在一陣費盡唇舌地曉以大義之後，老爸終於願意掏錢替我添購一台電腦。

「要電腦幹麼？」說起來，我爸是很不甘願的，在這之前，我們父女兩人大概冷戰了十幾天。他總認爲電腦的功用就是玩電動，對於功課是一丁點益處都沒有。「妳的同學有幾個人買了電腦啊？有幾個人啊？那幹麼買？我錢太多啦？」

「我要用電腦來打報告。」

「報告？妳沒有長手，不能用手寫嗎？」老爸氣呼呼的，但他還是把鈔票一張一張地數給了我。「要買就買好一點的，不要玩玩就壞了，我可沒有辦法修電腦啊！」

很多年後我才明白，當年爸爸爲何再三阻止我買電腦，那不是因爲出於對女兒貪玩的不信任，而是他慢慢地發現，自己愈來愈跟不上孩子的腳步了。

然而拿到預算的我，可沒有想這麼多。

阿茂雖然看起來笨拙，但在採購和計畫上卻是非常仔細，他開列清單，我們把光華商場從頭到尾、從尾到頭走了兩趟，走到腿都快斷了，外從機殼，內到裡面什麼大小板的配件，通通買了回來，然後他替我組裝，裝出來的價格比市面上還便宜許多。

插電的時候，主機發出規律運轉的聲音。

我覺得很高興。

阿茂替我設定好網路、灌好軟體，讓我在家裡就能使用。他在做這些粗工細活的時候，我爸虎視眈眈地站在房門外，不時找藉口探頭進來，好像怕我跟阿茂就這樣「呼」的一聲同時消失。

「謝謝你喔！」我說，很誠心的。

阿茂還是笑得靦腆，他摸摸頭，不知道把兩隻手放哪裡好。

我看著他的笑臉，心裡有種說不出來的難過。

阿茂對我很好，我的要求他從來不曾拒絕。然而人就是這樣，得到很多，就會想要更多，阿茂對我好，我就希望他能對我更好，不要求回報的好……

而且，就算阿茂對我好到掏心挖肺，我還是希望能夠得到明亮學長的。

這就是貪婪。

「我、我我……」他突然拉住我的手。「筱蕙，我想、我想……我想請妳吃飯。」

「應該是我請你才對吧？」我把手從他手中抽出來，輕巧地帶過。「什麼時候有空呢？我們約個時間吧！」

阿茂的表情有些窘，然而那只是一些些的……瞬間的窘迫而已，很快的，他又恢復平常的模樣。「好哇好哇，下週二好不好？」

我對他點頭微笑。

阿茂歡喜地抓耳撓腮，不知道該怎樣回答才好。

我爸又藉故第六次進房間來請吃水果，打斷了我們的對話。

那天下午的情景，在我腦海中就像是昨日一樣清晰。我還記得夕陽怎樣從窗口落下來，而電腦運轉的聲音彷彿仍在耳邊，阿茂手指粗粗的感覺好像就留在我手上，桌上剝開的一盤橘子散發出淡而溫柔的香氣，他的眼睛不好意思地看著我，而我對他微笑。

看著阿茂的臉，我想我明白，在這個世界上，至少有一個男孩子對我是真心的，那種感覺很幸福，被愛護、被當成是「最重要」事物看待的心情，總是那麼溫暖。

可惜我不能回報他。

「那個男孩子不錯。」阿茂走後，媽媽評論。

「哼，比當年的我還差一截。」老爸嗤之以鼻地臭蓋。

我並沒有回答或回應什麼，接連兩天的時間都深陷在網路上爬不出來，幾次和阿茂通電話問問題，好不容易才摸懂了一些。

第一次在學校BBS註冊時，因為暱稱取得相當女性，所以接連被一票人騷擾，要交談要網愛要纏著人不放，甚至還有人跟我要電話！

「冰點的溫柔？」阿茂聽了在電話那頭哈哈大笑。「哎呀妳活該，我們站上一堆沒人要的山中怨男，很危險的啊！」

「如果是你，也會騷擾我？」我問。

「呃！」他支支吾吾地回答不過來。

「我不知道原來你也會在BBS站上騷擾女生。」

「呃呃……」

「太過分了喔，說不定騷擾我的人裡面也有你在。」

「呃呃呃，不可能！」阿茂大喊。「我不會的啦！」

「說這種話的人能相信嗎？」

「呃呃呃呃……」他大概是在驚慌之下咬到舌頭，掙扎著回不出一個完整的句子。

我還要說些什麼，卻聽見話筒那方有個熟悉的聲音，「是誰的電話？」

阿茂按住了話筒吧，聲音變小了，不過仍然清楚。「是紀筱蕙。我幫她裝了電腦，她現在在網路上被騷擾。」

「那是誰？」我問，可是沒有得到立即的回答。

「她在網路上叫作什麼？」

「冰點的溫柔。超俗的名字，眞受不了……」阿茂不知死活地在那一頭批評。

「你在跟誰說話？」我在這一頭大喊。「臭阿茂！」

阿茂的聲音又傳了回來，「是亮哥啦。」

我忍不住全身抖了一下。

奇怪，已經知道是誰，爲什麼還要多此一舉地問呢？我不懂自己的反應。好像不從確定的人口中得到確定的答案，猜測就會永遠沒完沒了地延伸下去。

電話那頭的人短暫交談了幾句。「亮哥要和妳講話。」阿茂說。

我還來不及做好心理準備，學長的聲音就傳過來了。「晚安。」

「學、學長晚……晚安。」

「聽阿茂說妳裝了網路？」他的嗓音好爽朗。

「嗯。」

「已經會用了嗎？不會的話，可以問。」

「好。」我搞不清楚自己該怎麼回答，好像他說的並不是一個問句。

「好什麼？」

「呃……」我很快傳染到阿茂的遲鈍。「沒、沒什麼！」

「有機會在網路上碰到妳的時候，記得給我留點時間，我們聊聊。」學長又說。

「好。」

「好什麼？」

我真覺得明亮學長有點在捉弄人了。「什麼？」

「什麼什麼？我問妳，妳說好什麼啊？」

「呃，我說好的意思是……在網路上碰到的時候可以聊天。」

學長悶悶地笑起來，那笑聲有些莫名的、我說不出來的滋味。「不要忘記了喔！」

然後電話又被轉到阿茂手上。

我已經不記得後來跟阿茂說了些什麼，或沒說些什麼了，事實上，從學長說「不要忘記了喔」之後的一切，我全忘光了。

我只記得自己胸口傳來一陣陣怦怦亂跳的重響，好像心臟隨時會從胸腔中蹦出來，像籃球一樣地跳來跳去。

掛電話時，我雙手都在發抖。

一聲問候就會撩撥我的思緒、短短的對話就讓我控制不住心飛去的方向、一陣笑聲就讓我覺得不由自主……愛情眞奇怪，不是他愛不愛我的問題，而是我愛他，只是我愛他而已。

其他的就不用計算了。

聽到學長說話的聲音，讓我覺得好幸福，是阿茂怎樣待我好都不能達到的那種幸福。心那樣地滿足，卻又好像失落了什麼，我們總是靠得很近又離得遙遠，是不是我在不自覺中愈貼近他，也就愈推開他了？

喜歡一個人喜歡到心痛的地步，是什麼感覺？

以前我不明白，現在懂了。我一直覺得自己成熟得太晚，旁邊的朋友們好像都已經多少有戀愛、失戀的經驗了，而我卻還是遲鈍得可以。

然而當自己碰到的時候就會深深覺得，有些事情倘若永遠不必親身體驗，不知道該有多好。

人家說最幸福的女人就是單純地被愛。

那我到底算是幸福還是可憐？

阿茂喜歡我，他不用再說什麼我也懂了，每次看見他瞧我的樣子，再愚蠢遲鈍的女孩子都能感受到他的心情。可是我想，我們最好繼續這樣不好不壞平平穩穩地走下去，誰也不要強迫誰什麼。千萬不要把話說太白，說白了，這個平衡就被破壞了。

橘頭說我很幸運。

「有個那樣的男朋友，可以了啦，知足點吧。」

「可是我沒辦法愛他，」我們在假期裡藉著電話，反而可以把許多想法談開來。「我不能把他當成是男朋友看待。」

「反正妳現在還是學生，什麼事情都沒有定論，沒有誰能向妳保證能永遠在一起或是老死不相往來。我看，妳就趁這段時間好好享受一下被追求的感覺。」橘頭異常成熟，她有些時候說話近乎冷漠，可是又能切中實際。「喂，不是每個女人都能被愛的。」

「唔……」我思索著，不知道該同意還是反對。

「妳真正愛的是誰？」

「不能告訴妳。」我反應很快。

「真的嗎？是不能告訴我，還是妳自己想都不敢想啊？」

我真有點害怕橘頭的犀利。

「我覺得，妳和張瑜嫚之間的關係也不簡單……聽說妳們不和吵架？」

「妳從哪裡聽來的消息？沒有這回事。」我趕緊澄清。

橘頭沉吟了一陣，電話那端她哼氣的聲音真叫人緊張。「別人說的。不管是誰說的，我也覺得妳們之間好像有紛爭。」

「怎麼會！」這話我說得異常心虛。

「沒有嗎？妳以前有段時間和她形影不離，後來……我發現妳在刻意疏遠她。」

「橘頭，那是妳想太多了。」我不知道該怎麼應付她不是質疑的質疑，只得含糊帶過。「我和小嫚沒什麼，是我有自己的感情煩惱，最近管不了其他。喂，橘頭，妳說，人要到什麼時候才能把愛情放開？」

「妳說妳自己？」

「嗯。」

「永遠不可能。」

「爲什麼？我不想再這樣下去了。這樣下去我好累，常常會有那種心抽痛的感覺。我不喜歡老是爲一個人笑或哭，那讓我覺得，自己不再是自己了。」

「蕙啊，那樣很好啊！」橘頭不笑了，她鄭重地說：「這一生也許妳只會爲一個人有這樣的感覺，只爲了一個人喔，以後無論愛誰也不會再超過他了。」

「我希望停止，不要再繼續了。」

「爲什麼呢？」

「因爲我喜歡的人不可能喜歡我啊！」說著說著，我就哭起來了，不是爲學長哭，而是爲了我自己而哭。人怎麼這樣傻呢？而誰又能告訴我該怎樣才能聰明點？

「妳爲什麼會喜歡他啊？」橘頭說，「在妳哭飽之後，去想想這個問題吧！爲什麼妳會愛上他？我不知道妳愛的是誰，可是每件事情總都會有原因的！爲什麼妳會愛上他？爲了什麼愛上他？如果妳找到了答案，再告訴我爲什麼不能繼續愛下去吧。」

我沒回答她，也沒去想。

感情這種東西，有的人是長期累積，有的人只是一瞬間。開學那一天，學長搶過我的行李；那天傍晚在系館後的安全梯上，他的勸解安慰；每天早上，在早餐吧台他熱情的招呼；在系大會上，他目送柳欣宜學姊離開的神情……我不知道我這算是長期累積，還是一瞬間，我也不知道，這些零碎片段所組成的愛，到底是爲什麼而起。

然而在這一刻，雖然我喜歡學長，爲他歡喜，也爲他心痛不安，卻仍然清明地知道，要脫身，只要一個決定就可以！只要下定決心，我就可以頭也不回地轉身離去。

但我遲遲不能下定決心，像在等待什麼，癡癡盼望。

直到我收到那封信爲止。

＊

寒假結束前，我又要回學校了。

只是不同的是，第一次到學校時，我是由父親送上山的，而這一次，又一次的開學，身邊的人換了——阿茂特地下山來帶我。

他喬好時間，拜託另外一個學長開車到我家門口，學長在樓下顧車，他則全權負責勞力工作，前前後後跑了幾趟，汗流浹背的樣子，實在很讓我過意不去。

「我幫你拿個什麼？」我看到裝衣服的行李箱，想也沒想地拖了就走。

「不要不要！」阿茂很快地追過來，把箱子搶了回去。「妳到車上等，再一下就好！」

「這樣……不太好意思吧？」

「不會不會！」

冬天還沒過完，但搬我那兩箱書的阿茂，額頭和身上的衣裳都被汗水濡濕。

老爸悶聲不吭地躲在書房裡，像是什麼也沒聽到，媽則再三誇讚阿茂是個好孩子。

「妳到學校去，別花太多時間跟男生糾纏個沒完。」老爸直到最後，仍然對阿茂非常不放心，他意有所指地囑咐，「要專心讀書啊！」

我想我爸一定還有很多話沒說出口，可是旁邊有一個陌生人在，他就是想擰住我的耳朵警告，也得另外找時間。

我們就這樣浩浩蕩蕩地回到學校。開學前一天，宿舍裡鬧哄哄的，這是唯一一天女生宿舍開放讓男生進入的日子。

阿茂再次替我裝好了電腦和網路，我在床上一面整理棉被和衣服，一面偷看他的動作。

他替我裝了一張網路卡，然後又牽了一條網路線，花了點時間設定，又實際操作，確認可用。

「筱蕙，沒問題了！」最後，他抬頭看看在床鋪上和棉被奮戰的我。

「謝謝。」我探頭，「對了，上次說要請你吃飯的，那個約定還沒履行呢。」

沒履行的原因都怪我，因爲過於沉溺網路世界，我根本不想出門，於是找了個藉口不去了。找藉口很簡單，說生病說頭痛說心情不好都可以，反正阿茂也不會追根究底。

可是，每次想起來，都覺得自己欠了一個人情。

「要不要現在去吃飯？」我問他，時間已經快傍晚了。

「好哇好哇，去哪裡吃？」阿茂喜出望外。

「下山去吃吧？」我提議。

「好、好，我去換衣服，半小時後，在宿舍門口等妳。」

半小時不算短，我整理好被子後下了床，看電腦沒關，隨意連上BBS。

一進站，就發現信箱裡有新信件。

「是誰呢？」這樣想著，我開了信箱。

來信者是一個我沒見過的署名。因爲之前被騷擾太多次了，所以我一直拒絕和站上的人聊天說話，大部分時候，我都在各個討論區裡閒逛。

閱讀文章很有趣，看每個人都在爲了自己所支持或反對的問題發表意見、認眞討論、相互辯訐，我好像看見世界在運轉。

身爲旁觀的角色如此有趣，所以我一直沒有跟任何人來往，也不太願意跟什麼人交談。

在網路上看到妳的名字，覺得莫名有趣，怎樣的溫柔會冷漠到近乎冰點的溫度？我是陌生人，不認識妳，妳也不認識我。有空也許能聊聊！

信件寫得奇短，甚至沒有標題。

我看了一下那個發信的帳號，叫作 bluesea——藍海。

我有點失望。我一直期待能收到明亮學長的來信。

阿茂說，明亮學長的帳號是 icelight。有幾次晚上，我在家上網時，看到這個帳號在使用者名單中，可是我一直遲疑著沒去打招呼。

不敢主動迎上去，我始終躲在這個陰暗角落裡，希望自己能夠在不經意之中，得到上天眷顧的好運。

然而結果總是失望，學長似乎從來沒有注意到我的存在，就像是在現實中所發生的一切，我一直被忽略。

可正因爲這點希望，我一直沒有改變自己的中文暱稱。

明亮學長只知道我的中文暱稱……有時候我會想，他說不定早就已經忘記了，那只是電話那頭的一個轉述而已，誰會特別去記得別人的暱稱呢？尤其是不重要的人。

可是還是期待啊！不管怎樣失落，我仍舊不死心地希望，他能在人來人往川流不息的網路中找到我……或是想起我。

我沒有回信給 bluesea ，這樣的信收太多了，相似或不相似的文字背後，都掩抑著一顆我不確定的心。

關上螢幕，我下樓和阿茂一同出去吃飯。

再回來已經是深夜，橘頭大包小包地提著行李上山來，她把一整包餅乾攤在桌面上，一面脆脆地吃著，一面收拾衣服，而我打開光碟播放從阿茂那裡借來的ＣＤ，旋律很輕柔，是法國女聲。

「妳那台電腦不壞。」橘頭評論著。她半截身子都爬進衣櫃裡。「對了，我剛剛回來的時候坐校車上來，看到張瑜嫚和一個男生很親密地一起上來喔。」

「嗯。」

「妳知道她那個男朋友是誰嗎？」橘頭問我。「我記得，以前好像有一、兩次看見他和妳在說話。」

「這麼八卦？問這做什麼。」

「好奇。」橘頭說得坦白，「日子太無趣，又要開學了。欸，來點能振奮人心的消息吧。」

我只能尷尬地笑。

其實，晚上吃飯的時候，我就聽阿茂說過這個消息。他興致勃勃地告訴我，小嫚怎樣在寒假中三番兩次上山來「探望」明亮學長，說起來，一臉不勝嚮往之至。

「那個女孩子看起來眞的很喜歡亮哥。」他最後做了結論。

「那又怎樣？」我異常冷漠，只是每個字從嘴裡跳出來，都像是把尖刀。

「沒什麼啊，我只是說那很好。」阿茂從來感覺不到我要抓狂。「對了對了，下次我們請他們吃飯好不好？」

「誰是我們？誰又是他們？」我試圖不用太恐怖的語氣說話。

「我們就是我和妳，他們就是亮哥和那個女生啊！」

「爲什麼要請……請他們吃飯？」我咬牙切齒地問。

阿茂笑得很輕鬆。「因爲亮哥很照顧我啊，寒假我留在學校裡打工，亮哥還替我包便當。亮哥很講義氣的。」

我不懂義氣，那是男生才說得出口的用詞，我只在乎要跟誰吃飯。「隨便你，你高興請誰就請誰吧。」

阿茂說：「等我確定時間再告訴妳。」

然而他沒有發現，我並不曾答應過他。

其實，如果阿茂一定要我確切回答，我還是會說願意去，畢竟能看到明亮學長啊！

「妳跟張瑜嫚寒假裡有聯絡嗎？」橘頭打斷我的思緒。

「沒有。」

「爲什麼？這麼長的假期，妳們兩個人都在台北，不聯絡……眞是鬧翻了？」

我低下頭去。「也不是，就是不想跟誰來往。我心情不好。」

「妳們之間果然有問題！」

我沒有否認也不辯解，我的心裡對小嫚有不滿，說什麼都沒用。

我們已經不能再做朋友了。

我想我討厭她，非常討厭。這討厭的原因，其實根本沒有什麼大不了的，只不過就是因爲她看上了我喜歡的人，而且比我更先一步、更主動地出擊，然後成功奪走對方……我曾經反省過自己的想法是否正確，然而憤怒太強烈，原本我怪罪自己的愚蠢和膽怯，但到了最後，所有責任，都被我轉嫁到小嫚身上。

我眞的很恨這樣的自己。

但每個人都是自私的，誰也不能說誰錯了，誰也不能責怪我的態度。我最喜歡的東西被搶走，是小嫚搶走的……雖說這世界上若沒有她，一定也有其他人會帶走學長，但因爲那個人不是我，所以，我有理由可以憎厭。

我轉過身去，打開電腦上網，好分心不去想小嫚的事情。

上站的時候，阿茂也在，他高興地傳訊息過來，一下說今天的晚餐好吃，一下子又說明天早上要來接我去上課。

我一概回應他「嗯」或是「隨便」、「都可以」之類模稜兩可的短字，可是這並不能讓阿茂停止。他打字速度很快，我的螢幕上老跳出他的訊息，而我的打字速度相當緩慢，要花很多時間才能湊出一整個句子。也許是這個原因，所以阿茂以爲我不是不想回答，而是還不熟練打字而已。

在網路中的阿茂，比在現實生活中健談多了，他會講很多事情，瑣瑣碎碎的，聒噪的程度幾乎讓我覺得討厭。

正當我決定要跟他說再見，準備下站去睡覺時，一封新信的訊息出現。

信件又是 bluesea 寄來的，沒有內容，只是簡單的一個標題：要不要聊天？

我不喜歡跟陌生人聊天，可是這時候，也許是因爲被阿茂煩到受不了的程度，我心底湧起一陣衝動，便跑到使用者名單找到 bluesea 的帳號，二話不說選擇聊天的指令。

「妳在跟誰聊天啊？」阿茂的訊息又傳過來。

「同學。」我簡單地回應。

「喔，那妳慢慢聊好了。」阿茂丟來訊息，然後就安靜了。

我鬆了口氣。

「晚安。」螢幕轉換成上下兩方的對話區，bluesea 先說話了。

「你……好。」我慢慢地選注音拼湊文字。

「沒關係，妳慢慢打，不用著急，我可以等。」我還沒開口說明，bluesea 就說話了，他打字速度很快，一排字跳出來，只是眨眼的時間而已。

雖說可以等，但是我馬上就後悔要跟別人聊天的決定，畢竟兩個人交談，總不能光看我當啞巴吧！

「為什麼叫『冰點的溫柔』？」bluesea 問。

「隨便取的。」我好不容易回答。

「眞的？沒有別的意思？」

有些時候，我會用最簡單的英文取代複雜的中文打字。「No.」

「是嗎？眞是讓人失望。我很喜歡這個暱稱，覺得很貼近我現在的感受。」

「什麼感受？」

「呵呵……」他打了狀聲詞，並沒有確實回答。「對了，妳大一吧！」

「嗯。And you?」

「我比妳大一些，算是學長。」

「喔。」

「哪個系的呢？」

「中文。你呢？」

「我不是中文系。」他回答得相當保留。「不過，說不定我認識妳。」

「Really?」

「呵呵……」他又打出笑聲來。「我知道妳是個女生！」

「爲什麼知道？」我有點驚訝。

「因爲女孩子才會取這種暱稱。」他在句尾打出誇張的笑容。

「喔。」

「妳很少上網吧？」他問，「看妳是新手的樣子。」

我無奈地承認。「是。」

「沒關係，一回生二回熟，妳很快就會習慣網路了，下次我們聊天的時候，妳打字的速度也許會增快兩倍。」

「希望如此。」我說。

「就聊到這邊吧，明天不是開學嗎？妳第一堂課有課吧，那就先去睡。晚安！」bluesea跳出一串字，我還沒來得及回答，他已經丟下「bye」的字眼走了。

眞是一個速戰速決的傢伙。

我對bluesea並沒有太多感覺，他來得太快也走得太迅速了。

不過，他怎麼知道我第一堂有課？

新學期的第一堂課，小嫚施施然地走進教室，看到我，很高興地微笑打招呼。「啊，筱蕙！」

「早。」

「這個寒假過得好嗎？我打過好幾次電話找妳，聽說妳去南部外婆家？」

「嗯。」

「太可惜了……對了對了，知道嗎，我買了電腦。」她把整疊書「砰」的一聲丟在桌上。剛開學，教室裡的人並不多，而且大家都忙著聊天。

我似乎沒有拒絕開口的權利。「喔。」

「有空妳可以到我房間來用電腦。」她的態度慷慨大方。「BBS很好玩，妳上去看過嗎？我教妳好了！」

我沒告訴她我也買了電腦。

每次遇到不能用言語解決的問題時，我會用微笑來應付，向來都遊刃有餘，然而，總有一天會出現那種連微笑也不能應付自如的問題吧？每當我看到小嫚的時候，這樣複雜的情緒就會或多或少地流洩出來……她總說我們是最要好的朋友，但事實上我已經不這樣認爲了。

「妳怎麼了？過一個寒假，整個人好像都變安靜了。」小嫚問。

「只是有點疲倦而已。」

「是跟阿茂吵架了嗎？不會吧，他人很不錯的，你們怎麼吵得起來？」小嫚大驚小怪，「是爲了什麼吵架呀？」

「沒有吵架。」

「不可能！一定是吵架了，情侶哪對不吵？別瞞我。」

我第一次覺得，小嫚並不像我想像中那樣有深度。

她也會說三道四，也愛追根究底，像個八卦女王一樣地打探消息、傳話。我曾經以爲她有才學、有見地、性情眞摯溫暖，然而現在看來，一切都是我錦上添花的想像。

小嫚還在耳邊嘮叨，我已經站了起來，走到橘頭旁邊坐下。

「筱蕙，妳到底怎麼了？」她很錯愕。

我並沒有說明，也沒什麼可以說的。

「妳做得太明顯，」橘頭悄聲提醒，「這樣不好吧？」

明顯又怎樣？不好又怎樣？

讓他們去說，讓那些愛說的、喜歡說的人去傳言吧。我討厭小嫚，因爲她的存在，我甚至連心愛的事物都保不住。

我早就知道小嫚在網路上的活動頻繁，她的暱稱就叫「小嫚」。她的帳號，是最常跟 icelight 交談的對象。

每每看見他們在網路上交談，我都覺得非常難受。

可是難受歸難受，我就是不願意離開。

人多少都有點自虐的傾向，我也一樣。分明是令人厭惡的場景，卻怎麼都不能推開不看、拒絕不聽，甚至會想盡辦法去聽、去看，好讓自己一再受傷，鮮血淋漓也高興，不窺探，我就沒有辦法安心。

我不能解釋這種情緒。

每天早上起床看見鏡子裡的自己，我總會有種莫名的失落感，彷彿這樣嶄新的一天才開始，而我已經看見結束的尾聲。

阿茂對我愈來愈好，他似乎覺得跟我在一起是必然的，偶爾他會說這一切眞快，好像我們才剛剛認識就進展到談戀愛的程度了……我從來沒有反駁他，事實上也不知道該怎麼反駁他。在心態上，我希望這是戀愛，因爲我如果能跟阿茂在一起，就不用再爲學長煩惱了，可是在另外一面，我又不希望和阿茂在一起，如果我們談戀愛，我和明亮學長的關係就要徹底切斷。

我的良知要我快做選擇，可是，我辦不到。

所以只能敷衍地應付阿茂，每次他對我微笑的時候，我都感覺到一股自欺欺人的不安。

然而這種譴責，並不能讓我避開他。

表面上我們愈來愈穩定，阿茂去哪裡我也去哪裡，我想去哪裡也總有阿茂跟著，我們一起吃中飯、一起下山逛街，平常也在圖書館裡一起讀書，入夜後沿著校園步道散步。

但私底下我好想逃開他。

太累了，僞裝一切美好的景況實在太費力氣。爲了要扮演阿茂的女朋友，我必須要花心思想些細碎瑣事，好不停地跟他嘮叨訴說，我必須要在他面前裝微笑、裝歡喜，我必須要傾聽阿茂的煩惱、陪他說話閒聊，甚至要偶爾發發脾氣假裝生氣吵架！

僞裝到這種程度，我實在太疲倦了。

每天晚上跟阿茂說再見的時候，我都會打心底湧起一股說不出的輕鬆。如果說我們兩個相處的模式就是愛情，我由衷希望，自己永遠也不要再談戀愛了！

我需要一點自己的空間，我需要自由。

爲了避開阿茂，我更換了網路上的帳號，但沒有告訴他。

「我不喜歡ＢＢＳ，」我只是這麼說，「所以現在不上網了，找資料的時候才偶爾會用用電腦。」

阿茂表示明白。「對喔，網路上有些人很糟糕的。妳不喜歡就不要用了吧！」

他很相信我，一直以來都是這樣。只是他想錯了，我沒有告訴他眞相。

新的帳號只有我自己曉得。

我把呼叫交談之類的開關都關閉，再也沒有人能夠踏進我的世界。在網路上我擁有了絕對的寧靜，我沒有任何暱稱，暱稱區是一片空白，名片檔也是空白。

於是我成爲一個不導電的絕緣體，引不起任何人的興趣，也不與任何人產生交集。這正是我一直想要得到的保護色。

然而，之所以會繼續使用網路的原因，也許是因爲對於學長的不能忘情吧？

我總是使用那個無聲的新帳號，在網路的這一端，默默地凝視螢幕上的另外一個帳號，像小偷一樣窺伺著他的行動，想像他現在在做什麼、在想什麼、在看什麼又聊些什麼。

無意義的空想，可以耗費掉一整個晚上的時間。

每次我上網，如果看見他的帳號在使用者名單中出現，不知爲何，心臟總會突然用力抽搐一陣。

痛極了那種感覺！

就像是有誰用力地拿槌子重擊我的胸口，一下子整個人都不能呼吸。

我說不出來那到底是興奮還是傷心……

剛開始，總以爲這種抽痛的感覺會消失，然而一次又一次，每次看見他的帳號我都會有相同的感覺，好像永遠也不會停止似的，重複發生。

我好害怕哪天自己會因爲這樣的疼痛，猝死在電腦前面。

但對阿茂，我從沒有這種感覺，不疼不痛，他如果現在要和我說再見，我也不會覺得憤怒。

這一切都太荒謬了。

我大概懂得什麼叫作「良心」。外在無論怎樣裝模作樣，骨子裡永遠不能撒謊欺騙，喜歡的就是喜歡，不能喜歡的，怎樣僞裝都沒有用！

而從我給小嫚臉色看的那一天開始，小嫚就明顯和我疏離了。

以前是我疏遠她，如今她也用相同的方法回報我。

上課的時候我們分坐教室兩端，一左一右；下了課，各自離開，擁有不同的朋友，過完全兩樣的生活。

「眞可怕，妳們分得眞絕。」橘頭笑著說。

橘頭認爲女孩子吵架總是短暫的，只要有一方先低頭就夠了。「三、五天後又好在一起啦！」

但我知道不可能。

星期三的下午沒課，我在宿舍上網，拒絕了和阿茂一起下山的提議。「身體不舒服。」我的藉口向來很爛。

「眞的嗎？有發燒嗎？要不要看醫生啊？」他在電話那頭嚷嚷。

「不要，我只想睡覺。」

「還是要我幫妳買點感冒藥？」阿茂關切。

「不要不要，我只想睡覺。」我啞著嗓子喊，口氣很不好，完全不能控制的衝。「你能不能不要管我？」

脾氣愈來愈糟，常常生氣，卻又不知道爲了什麼要生氣，生氣之後又後悔，覺得不該對阿茂發火。

其實我沒生病，然而一想到要跟阿茂過半天，就覺得還是裝病好一些。

掛上電話，我自顧自地在網路上遊蕩，像個幽魂，開著一個視窗在BBS上，卻又不太想去看。這是一個無聊的下午，而我也不知道自己該做什麼、能做什麼，以及……想要做什麼。

正想著，忽然發現連線視窗上頭出現了一閃一閃的來信顯示。

我覺得奇怪，這個新帳號誰也不知道，除了廣告信之外，應該沒有誰會特別寄信給我。

進入信箱檢查，居然發現寄信者是個有點眼熟的帳號：bluesea。

他的來信還是一樣簡單。

換了新帳號，為什麼呢？是躲避誰還是為了圖個清靜？有空聊聊吧。

我覺得非常詫異，趕快回了信。

為什麼知道我換了新帳號？我原來是誰你也知道嗎？是怎麼知道的？

我打字仍舊是龜速慢，然而就在寄出回覆後沒幾分鐘，回信就到了。

妳上線的位置和之前相同。

我跑到使用者名單一看，bluesea 的帳號赫然在首位發亮，幾秒鐘後，他又再次發送新的信件過來。

小週末的下午，天氣這麼好，為什麼留在網路上而不出去走走呢？要不要聊聊？

我看了信，忍不住笑。

這人很有趣，他有趣在哪兒我也說不上來，就覺得好玩，奇怪的 bluesea，沒有人知道我換了新帳號，但他卻細心地發現了我的上線來源。

於是我在名單上選擇呼叫，畫面很快轉成交談模式。

「這麼好的天氣，爲什麼不出去走走？」bluesea 劈頭就問，他甚至沒有回應我的午安招呼。

「不想動。」我說。我還以爲他會問我爲什麼換新帳號呢！

「喔，太懶惰了。」

「你不也一樣？」我反駁，停一停，想到帳號問題。「對了，你怎麼會記得我的上線來源？」

「因爲女生宿舍是二號，所以從 drom2 連線出來的，都是女生宿舍的人。」他簡單地回答。「而妳的位置是 pc26，二十六號是我的學號末尾兩數，所以印象特別深刻。」

「原來如此。」問題得到解答，我鬆了一口氣。不知道爲什麼，我有些緊張，剛剛被 bluesea 抓到的時候，眞有種幹壞事被活逮的恐懼感。「不問我爲什麼要換帳號？」

「妳想說就說啊，不過，我得先稱讚妳的打字速度進步很多……雖然還是慢！」他說。

我尷尬得回不出一句完整的話來，只能打笑臉來應付窘況。

「那，爲什麼要換帳號？」他問。

「就像你說的，想圖個安靜。」我決定不回答眞話。

「網路上很多人吵妳嗎？」

「還好啦，不過我覺得煩透了。」

「煩什麼？」

「我討厭跟太多人聊天哈啦裝熟識，也討厭別人這樣對待我，可是大家好像都很喜歡這樣，覺得要不停地找話題才叫作熱絡。所以後來想，乾脆不要再用原來那個帳號從暱稱到名片檔都像個超級大磁鐵，很容易吸引其他人的注意。」我一面費力地拼字，一面思索著自己的理由。「乾脆換一個新帳號，重新來過。」

「換句話說，妳討厭跟別人親近？」

「不是，只是不喜歡過度的親近，尤其是太刻意的。」

「喔，妳不是一個合群的人。」bluesea 說，他在句末拋下一個笑容符號。

「我只是想要一個屬於自己的空間而已。」我解釋。

「那必然是因爲妳有太多不能和別人分享的祕密了，對嗎？」

跟 bluesea 說話有一點累。我突然發現，他有時候過度犀利，讓我不知道該怎麼招架他的問題。

「難道不能保有一點屬於自己的自由空間？就算是有祕密又怎樣，我就是想要一個專屬於我自己祕密的空間，不跟任何人分享、不與其他人交流。」我反問，「難道我一定得跟每個人歡歡喜喜、快快樂樂、和平地相處？怎麼可能？你做得到？」

對方沉默了片刻，閃動的游標一直沒有跳出新字眼。

過了好久，久到我幾乎以爲他斷線離開了。

「妳說得對，的確，人都該有屬於自己的空間。」bluesea 丟出一排字。「我也受不了要與每個人分享自己的一切感覺，可是網路上就是這樣。」

「所以我換帳號。」

「我也是。」他說。

「啊？」

「我這個帳號也是分身。」

「你還有另外一個帳號嗎？」

「當然，我還有很多帳號。」他又拋出笑臉符號。「帳號就像是面具一樣，不同的心情我就用不同的帳號上線。」

「眞奇怪啊，你！」我在螢幕這頭微笑。bluesea 眞是個誠實的傢伙。「那麼，你使用現在這個帳號的時候，是怎樣的心情呢？」

「很憂愁。」他說：「每當我覺得情緒低落時，就用這個帳號，藍色是個令人憂愁的顏色。」

「爲什麼憂愁？」我問，「我很喜歡藍色，藍色很漂亮呀！」

bluesea 沒有回答。

「我喜歡藍色，因爲我有個朋友也喜歡藍色。」我繼續說。

「妳朋友喜歡藍色和妳有什麼關係？」他問。

「因爲我喜歡他，所以我喜歡他喜歡的顏色。」

「……」

「他喜歡的東西我都喜歡。」

「……」

「怎麼了？」

bluesea 再次出現了長長的沉默。

「你還好吧？還在線上嗎？」我拚命打問號。

「沒事啊，只是突然覺得很煩惱。」他說。

「是因爲我說的話嗎？」

「有點。」他停頓了片刻，然後又打出字句。「妳很天眞！」

我有種被羞辱的感覺。「哪裡天眞？」我反詰。

「接受喜歡對象所喜歡的一切……這句話很天眞。」他說。「如果妳所說的成立，那麼，包括對方所愛的人，妳也會一樣愛囉？」

「……」

「妳能接受自己喜歡的人，愛上了別人的事實嗎？」他問我。「妳能嗎？」

這問題太尖銳了，以致於我不知道該如何回答。

「能嗎？」他還在咄咄逼人。「能接受嗎？」

「我不知道，」我慢慢地把字句湊起來。「從沒想過這個問題。」

「可是妳不是說，會接受喜歡對象所喜歡的一切。」bluesea 說：「這又該怎麼解釋呢？」

我無法回答，這互相矛盾了。我喜歡明亮學長，卻不能接受他喜歡的小嫚。「爲什麼要問我這個問題？我不想回答。」

「因爲妳再怎麼愛屋及烏，也不可能寬容地接受喜歡的人愛上別人，對嗎？」bluesea 在螢幕那頭說，他不用發出聲音，我從字眼中就可以看出太銳利的傷害性，像針、像刺。

我從不跟人討論愛情，雖然之前在網路上用原本那個帳號時，老碰到一群滿腦子想著要談網戀的傢伙，可是關於愛情這個話題，我總是點到爲止，不曾多說。

從某方面來講，也許愛情是種禁忌吧！

跟朋友同學聊聊也還好，但是網路上，互不相識的兩個人，正經八百地談愛情，說怎麼怪就怎麼怪。

尤其是談到像現在這樣具有爭議性的話題時，我就不知道該怎辦才好了。

「要你管。」每當我不會回答問題，口氣就會轉變得很潑辣。

「被我說中了？」

「我不想回答了。」我說，「我不想再聊了。」

情況有點窘，我開始考慮要斷線下站。

可是 bluesea 突然一改話鋒。「我不能接受。」

「接受什麼？」我一時腦袋轉不過來。

「接受妳說的，愛一個人就愛他所愛的一切。我受不了！」

「……」

「也許是我不夠寬容，不過，如果說寬容有個限度，那我的限度很低很低。」

「你說的正是我想說的。」我只能認同。

「不過如果對方能快樂的話，我想我還是會接受。」他突然又把話轉回來。「所以，如果妳的男朋友愛上別人，爲了他的幸福，妳願意成全對方嗎？」

「……」

「怎麼，願不願意？」

「我不知道。」我說，「沒碰到所以不曉得。」

「未雨綢繆，應該先想想啊。還是說妳沒有男朋友？」bluesea 打出一個冒冷汗的笑容。「眞的嗎？別騙人喔！」

網路很奇怪，在上頭每個人都可以說謊耍賴、可以用不著說眞心話，然而在某些時候，你就是會忍不住想要坦白一些隱瞞的事實。

「我沒有男朋友。」我說。

「嗯？」

「雖然大家都說我有男朋友，可是事實上是沒有。」

「喔！」

「所以我不能回答你這個問題。我沒有男朋友，所以不知道移情別戀的滋味是怎樣。」

bluesea 又沉默了很久。「妳是說，妳不承認自己的男朋友是男朋友囉？」

「不，我的意思是，我也搞不清楚他到底算不算男朋友。不過其他人都說是，而且我不想花力氣去爭辯。」

「爲什麼不去爭辯？」他問。

「因爲沒魚蝦也好啊！」我說，「我是這樣想的。」

「學妹的想法眞複雜。」bluesea 淡淡地說，「不過，有沒有男朋友都是其次，總有自己喜歡的人吧？」

我想到明亮學長。「有啊！」

「那麼，倘若有一天那個對象喜歡上別人，妳會怎麼辦呢？」

「不用倘若了，現在就是這樣。」我回答得難堪。

「嗯？？？」他連續丟出好幾個問號。

我繼續回答問題。「不能怎樣啊，反正已經發生了，只能默認。」

「那，能接受他喜歡的對象嗎？」

「不能。」

「爲什麼？不夠寬容？」blueseа 問得簡潔。

「不是，只是因爲我嫉妒。」我也回答得誠實。

終於能了解自己在做什麼想什麼，爲了什麼不愉快生氣給阿茂臉色看，又爲了什麼要改變對小嫚的評價和看法，總而言之，就是因爲我嫉妒，我嫉妒學長和小嫚在一起，所以遷怒於所有人。

甚至遷怒於自己。

「我太喜歡對方，所以一旦發現他不能愛我，就覺得不能忍耐。雖然表面上裝得很平靜，事實上卻太難受了，幾乎不能容忍。」我說，「我幾乎是用仇視的態度在面對他喜歡的人。」

「那是正常的。」bluesea 說。

「我常常希望他們兩個能分開，不要在一起，我受不了看見他們在一起的樣子、聽到他們在一起的消息，我討厭他們在一起說笑的模樣，就算只是想像，也不能忍受這種情況。」

「因為妳很喜歡對方。」

「有時候會覺得自己不太正常，喜歡一個人喜歡到想要把心都掏出來給對方的地步，卻又不能說不能講……我不知道自己到底在幹麼，還牽連到不相關的人。」

「不相關的人是指？」

「喜歡我的男孩子。」

「就是那個大家都以為是妳男朋友，但妳不覺得是的男孩子？」

「嗯。」

「為什麼？」

「這還用說嗎？因為我最喜歡的是別人啊！！！」我激動得連敲鍵盤都砰砰作響，後面連接三個驚嘆號。

「可是那個別人，並不能相同回報妳對嗎？」

「我也不要他回報我什麼……」我說。

「那妳想要什麼？」

對啊？我想要什麼？

那樣喜歡的明亮學長，看到都會讓我覺得好幸福的學長，我在意他，可是這樣愛他，一定也是想求點什麼吧？

然而我不能想像自己與他在一起的景況。

我和阿茂在一起的時候還滿輕鬆的，可是對象換成是學長，又是怎樣的感覺呢？「我不知道自己想要什麼，我只是覺得，如果能天天看到他、跟他好好說話、聽聽他的聲音，就很滿足了。」

「可是妳不想讓別人擁有他，對吧？」

「嗯。」

「所以妳還是想要回報、想要被愛啊！」

我承認 bluesea 說得沒錯。

「妳好傻，」bluesea 溫柔地說，「難道沒有想過去告訴對方，自己喜歡他嗎？」

「我不能說啊！」

「爲什麼？」

「沒有爲什麼，就是不能說。」我慢慢地敲字。「我不知道該怎麼解釋，可是就是不能說，我說不出來、講不出口。我不敢！」

我不敢，我眞的不敢。

因爲眞正的愛是禁忌嗎？所以不能說？

阿茂和我之間，從來不講愛的。他雖然喜歡我，可是他不說我不挑明，一切相安無事，我們相處的模式很好，說像朋友又像情侶，然而卻什麼都不是。

我不負責，閃閃躲躲，不想要這層關係的時候就矢口否認……我眞的好卑鄙。

可是想到學長……心中千結百轉，說出口之後就是沉重的壓力。

他接受是壓力，不接受也是壓力。

我不能說清楚自己的煩惱癥結到底在哪裡，也許只是因爲這半年多來的掙扎中，我像是隻被困在蜘蛛網上的蜜蜂，愈是掙扎愈混亂，愈是想逃離愈掙不脫，所有的煩惱都來自於一個不敢說的沉重負擔。

愛放著不說，發酵成爲嫉妒。

嫉妒那樣沉重，它不再是美好的情愫，而是緊緊拴住我脖子、靈魂的枷鎖，把我束縛住，怎樣都掙脫不開，怎樣也甩不掉。

「妳把自己困住了，」bluesea 說，「這樣的妳，是沒有辦法愛或被愛的。」

「也許眞的是這樣也說不定。」我承認。「因爲被困住了，所以什麼也不能做，也做不出來。」

「要跳脫出來呀！」

「說得容易做到難。怎麼跳出來？」我迷惘地問。

「跟妳喜歡的那個人坦白。總是要表達自己的想法，不是嗎？」

他說得那樣簡單容易、無比輕鬆，然而對我來說，這不是一件容易的事情。

「我要想想……」我猶豫而不安。「讓我想想。」

「妳花太多時間在思索上頭，也就相對地失去更多機會了。」

是的，我花太多時間在想在猶豫在傷神在莫名其妙自尋煩惱，卻不知道該怎麼跳出自己設下的框框。在我憂慮的時候，學長也跟著小嫚走了，我光是在後頭跳腳……也只能跳腳而已。

「我什麼都沒有！」

「那可不見得。」

「我是眞的什麼都沒有，喜歡的人沒有，能信任的人沒有，想要什麼都得不到，得到的也是自己不想要的……我什麼都沒有！」敲打鍵盤，我開始情緒化地叫囂，若文字會發聲，我的句子裡塞滿太多不平怨對。「我連說清楚的機會都沒有。」

「妳只是沒有發現自己擁有什麼而已。」

「才不是這樣呢！」

「當然是這樣，妳是在對自己嘔氣。」

「我已經失去太多了，永遠都追不回來。」

「那又怎樣？」

「我覺得很難過。」我頹喪地說，「永遠都追不回來了……」

「當妳覺得自己追不回什麼的時候，其實已經得到什麼了。」bluesea 回答得很哲學。「眞正的失去是根本感覺不到的，甚至連自己丟失了、丟到哪裡去了都感覺不出來，消失的就消失了，走了就走了，沒有的從來沒有，以後也不會再擁有。那才是眞正的追不回來！」

我停頓下來，花幾分鐘時間，仔細讀著 bluesea 說的話。黑底白字的文字，拚湊出太難理解的複雜訊息。

「我不懂。」我說，「失去的就是失去了，當然會感覺到懊悔。如果不能感覺失去的遺憾，又怎麼知道自己丟掉了什麼？」

「那是因為妳還小，有些事情就是這樣，妳以後就會明白了。」

我思索了一會兒，決定反客為主地詢問他。「那你有失去過什麼嗎？」

「太多了。」

「譬如說？」

「呃……」他明顯猶豫了片刻，銀白色的小小橫標在螢幕上不間斷地閃爍著。「譬如說時間。」

「時間？」

「花很多時間在聊天上，其實也是一種失去吧。」他巧妙地回答。

面對螢幕，我挑挑眉，很顯然，bluesea 在躲避什麼。

「你有喜歡的人嗎？」我換了個直接的方式問。

「有。」

「你現在跟她在一起嗎？」

「沒有。」

我笑了。「你失去了她，對嗎？爲什麼呢？」

「嗯，這是個好問題。爲什麼呢？」他彷彿自言自語。「這爲什麼的答案我現在不能跟妳說，因爲妳還太嫩了，等妳再長大點，我們就可以討論這個問題。」

「我現在已經很大了。」我有點生氣。「我跟你說了這麼多，你卻都避重就輕不回答？」

「我也沒說要一一回答妳的問題啊！」他丟出微笑的符號。

「這樣不太公平。」

「本來就不公平。」

「太過分了！」我說。「我覺得你怪怪的……我要下站走人了，再、見！」

雖然這樣說，可是我並沒有自己按下跳開的鍵。很奇怪……我覺得這個 bluesea 很特別，跟他說話有種說不出的味道，有意思！他的想法和我差距好多，可是不讓我覺得反感。

我們僵持了一下，如果是吵架的話，我現在一定正叉腰瞪眼吧，可是坐在螢幕前，我顯得心平氣和輕鬆自在。

bluesea 那半邊滿滿的字幕突然一瞬間被清了個乾淨。

「怎麼啦？」我忍不住問。

他並沒有針對我的問題回答。「我覺得愛情是很難斷言失去或得到，在我的想法中，眞正的失去其實也許並不是失去，活在我生命中、經歷過的，都是眞實獲得的，所以我沒有失去她……也許是她失去了我也說不定。所以，誰也不能說誰失去或得到。她不在我身邊，卻在我的心上，那麼我還是得到她了，對嗎？」

bluesea 拋出冗長的句子，跳躍式的，像是在解釋什麼。看了很久，我才明白他是在回答我的問題。

「你會難過嗎？我是說，失去她的時候。」隔了很久，我問。

「當然啊，那是很正常的情緒。」

「那，你會哭嗎？」

「這就不告訴妳了。」他反問：「妳呢？」

我本來想回話說，如果他不坦白，我也不要說眞話。可是不知道爲什麼，我不能控制自己的手指坦白。「我會哭。」

「那就是不甘心了？」

「有點。」

「有點？還是很多？」

「好吧好吧，是很多。」我說。

「因爲沒有說出口，所以不甘心才會很多吧？」

「……」

「說出口的話，就算是不甘心，也沒什麼力氣哭了。」

「……」

「言歸正傳，現在愛妳的人妳不愛他，妳愛的人卻不能愛。」他說，「這個世界上很多事情都不能順心如意，對嗎？」

我沒有回答，手從鍵盤上縮下來，疊放在膝蓋上，情緒很複雜。

有點害怕被別人這樣說中心事。我隱藏很久不敢說也不願意承認的祕密，為什麼會在數分鐘或是數小時之內，就被一個陌生人全盤猜中了？

「怎麼了？」換他在螢幕上問。「妳還在嗎？」

「在。」我好不容易打出字。

我們相互沉默了一陣，bluesea 打出字來。「很抱歉，我好像說了不該說的話，妳在生氣嗎？」

網路最糟糕的地方就是兩個人交談時，永遠不能確切地從文字之間知道對方的反應。

「沒有，只是有點驚訝。」我盡量坦白。

「驚訝？為什麼？」

「你說中我的心事了，真可怕。我不知道該怎麼說才好。」我回答，「我以為自己隱藏得很深的，為什麼你才跟我聊上幾句就全部都知道了？」

「妳沒有隱藏很深啊，就算有，也只是對自己隱藏而已！」

「……」

「或者說，妳是在拒絕承認事實的發生，對嗎？」

我開始有點討厭 bluesea，他過分老實，說話太實在也太惡毒了。

「我們都一樣，不能面對某些事情的時候就當它從沒發生過。」他大概無從感覺我的不悅，繼續說下去，「心裡明明知道不能避開，卻又裝作沒這回事，好像不這樣做就不能讓自己活得輕鬆。可是，僞裝眞的能讓妳過得舒服些嗎？」

「……」

「不能，對嗎？因爲不管妳怎麼裝傻裝迷糊，也永遠不能欺騙自己的良心。妳知道自己藏著什麼祕密，卻不能說，未免太辛苦了。」

「這跟你無關。」我只能這樣回答。「你不是也有失去了回不來的東西嗎？那一定也是耿耿於懷、你不能忘記、非常在乎的吧？」

「嗯。」

「那麼，就不要在我面前說教。」我頂撞。「我們只要能處理好自己的事情就夠了，不要干涉別人的想法好嗎？」

「我有干涉妳？？？」bluesea 連續打了幾個問號。

「我覺得你在干涉我。」

「……」他難得不說話了，一整排點點的符號好像是一張無言的臉。

「我在網路上是希望能輕鬆點，不想聽任何人來跟我討論生活態度和想法。」

blueseа停頓半晌，然後說：「眞抱歉。」

「我們以後不要討論這些了，好嗎？」

「妳不希望就不要談了。」他話題一轉，「喔，天黑了，該吃晚飯啦。妳要去吃晚餐嗎？」

我看了看窗外的天色，果然，不知不覺間，天色已經暗了。「我要去吃晚飯了。」我把鍵盤拿到螢幕上方架著，好方便我站著打。

「我也是。」他說。「妳要去哪個餐廳吃飯？」

「我想吃麵……」我回答得不甚確定。「就這樣了，下次再聊？」

「好，下次見。」他才剛說完，我就把畫面跳開。

我下站很乾脆，像逃走一樣迅速，有點害怕blueseа再丟些什麼訊息過來，他讓我緊張，就像是一面明晰的鏡子，清楚反照我的缺點，怎樣僞裝躲藏都不能避免被洞悉。

有時候我覺得，是應該找個人聊聊、談談，說說自己的心情，好讓我能知道自己該怎麼走、該怎麼做決定才好。可是blueseа有種太強烈的侵略性，我想我們不適合談過分隱私的事情，譬如……談感情！

不過我想，正如blueseа所說的，我以爲隱藏很深的祕密，也許根本就沒怎麼隱藏，我已經表露得清楚明白，只是自己不肯承認而已。

我對自己隱藏祕密？欺騙自己？對自己說謊？

多愚蠢，然而事實上也許正是如此也說不定啊！

甩了甩頭，盡量不讓煩惱在腦袋裡停留太久，我把電腦關掉、熄滅桌燈、帶著皮包關上房門往外走。

可是煩惱仍然存在，它在我心上久留不去。

有時候我會覺得網路很奇怪，明明我不是很喜歡它，可是一旦碰上了卻又不想離開。像剛剛跟 bluesea 聊天，其實好幾次我都不想再聊了，可是不知道爲什麼，就是不願意下線。

「大概是因爲無聊吧。」這樣想著，好像能解釋一點緣故，可是又完全不通。

我拒絕去想這些令人頭痛的事情，離開宿舍後，走下斜坡往餐廳的方向，肚子慢慢感覺餓了，眞想吃點溫熱的、有湯汁的食物。寒冬已經接近尾聲，然而餘威仍在。我到大餐廳去，只有那邊晚上會賣魷魚羹麵。

一進門就聞到好香的食物味道，室內的空氣有點悶熱，可是暖暖的很舒服，開放式的餐台前排了長長一列人龍，看來要等很久。

「同學要什麼？」老闆娘遠遠地指著我喊。「寫單子！」

我抽出櫃台上的紙筆，伏在桌案上點選，在「魷魚羹麵小碗」上畫了個紅圈圈。

正當我準備把筆放下，將菜單遞出去的時候，後頭有人說話：「還有蝦仁羹麵大碗，謝謝！」

那話是對著我說的！

我轉過頭去看，明亮學長正傾身靠在我背後，他的眼睛直直地盯著菜單。「嗯，還要炸排骨。」

「學長？」我說不出來是驚喜還是慌張。「你怎麼在這裡？」

「讀了一天書，肚子餓。自助餐廳的菜早賣光了，我想說這裡應該還有吃的。」他像是這個時候才發現我一樣，「欸，妳不是學妹嗎？」

「呃……」我有點無言，明亮學長該不會常常這樣不長眼睛吧？

他四處張望。「妳的同學呢？妳一個人來啊？」

「嗯。」

「今天星期三，大家都下山跑光了？」他從我手中抽出餐單，交給工讀生。「找個位置坐吧，等一下再來拿。坐靠窗好嗎？通風點。」然後就先我一步穿過狹窄的座位走道，往靠窗的方向走。

我跟著他的步伐，說不出心裡是什麼感覺。

很奇怪，當一直希望得到或實現的夢想成眞時，心裡卻有種不敢相信的畏懼在起伏動搖著。我從沒跟學長單獨坐一桌子吃飯，也從不敢想像這樣的好運，而現在，莫名其妙天賜的運氣眷顧我，不可思議的巧合把我們湊在一起了。

我們合坐一張靠窗的位置，窗戶半開，偶爾有風從外頭山林夜色中吹進來，還帶著點薄薄的晚冬寒意。

「我們好像沒坐在一起吃過飯嘛？」學長說。

「有啊，我剛進來的時候有家族聚會，學長有來。」我盡量保持平靜的說話語調，可總覺得自己的聲音有點發抖。

「那不算啦，那天是喝酒大會。我是說吃飯，吃飯喔！」他笑著，伸手從筷桶中抽出筷子遞給我。「這還是第一次呢，我請妳吧。」

我不知道該怎麼拒絕。「謝謝。」

「妳最近都不來店裡吃早餐了。」學長說，「眞可惜！」

「可惜什麼，我又不……」本來想說我又不是小嫚，去了也只會打擾你打工，可是後面的話我硬是截斷，呑進了肚子裡。這話太衝，我不敢講。

但是學長已經聽到了。「妳又不是什麼？」

「沒什麼，我說我是大胃王，多去幾次，吧台老闆就要被吃垮了。」我圓謊得巧妙，一點都聽不出破綻。

「哈哈哈，哪有這麼容易就被吃垮了呢！」學長大笑，滿臉神采奕奕。

我最喜歡他這樣的神情。

「阿茂呢？」他又問，「他去哪兒了？」

「說要下山。」

「妳怎麼不一起去？」

「嗯……我不想去，頭有點痛。」我不安地回答。「坐車下山一路顛簸，會很累。」

「是嗎？」學長眼睛一亮，那只是瞬間的反應，可是我感覺他好像知道些什麼。「不是爲了別的事情才不下山？」

我的反應很直接。「什麼事情？」

「是我在問妳呢，」學長說，「我在問妳，妳反問我什麼？」

「學長說我是爲了別的事情不下山，我問你是什麼事情啊！」我覺得不對勁，可是話已經說出口了不能被抓包，只得用裝傻的口吻去反駁。

他沒說什麼，只是眉毛揚了揚。「這我可不知道，女生的祕密多得很，心底放了什麼也不講的。」他笑著說。「啊！沒調羹了，我去拿！」

沒等我回答，學長已經站起身來，往櫃台的方向去了。

我看著他的背影，心裡忍不住疑惑，他好像知道些什麼，可是又不說清楚，還想從我嘴裡套出些話來，這種感覺讓我既緊張又不知道該怎麼辦。很少和學長這樣親近地說話，我們總是三言兩語簡單帶過，所以事實上，我對學長的了解只從旁敲側擊和其他人的閒談中得來。

我不知道他、不懂得他，甚至我不能明白學長心裡在想什麼。

阿茂說過學長很聰明。「亮哥是那種心細如髮、聰明過頭的人，所以沒人敢欺騙他，也沒人騙得過他。」

這樣想我更覺得緊張，如果學長正如阿茂說的那樣精明，那我要僞裝就更難了。

「來，湯匙！」學長回來，把白色的塑膠湯匙放在我這邊。「妳在想什麼？」

「啊？」

「我說妳在想什麼呀！」他問。

「呃……沒什麼。」我吶吶地回答，我總不能告訴他，我在想要怎麼騙過他。

「眞的嗎？」他亮亮的眼睛看了我一眼，害我心頭一縮。

我趕緊把眼光轉向別的地方，明亮學長的眼神有毒，看多了我鐵定會死。

「小嫚呢？怎麼沒看到她？」我下意識地環顧學長身邊。

學長沒有立刻回答，他先笑了笑。「爲什麼問我？」

「什麼？」

「我說，妳怎麼會想到問我小嫚的事？」他反問。「上次也是喔。是不是妳每次找不到話講的時候，就會拿小嫚來當擋箭牌？」

「哪有！」我眼睛都瞪直了，又快速收斂下去。「沒這回事，我只是想到，因爲學長跟小嫚很熟……嗯，我想你們大概很要好吧！」

說這話的時候，我都感覺得到自己的語氣有多酸，可是又要盡量不讓酸味沖到學長那邊去，非常乾巴巴的。

「小嫚很聰明。」學長像是完全感覺不出我嫉妒的意味，兀自稱讚，「說話靈活心思細膩，女孩子就是要這樣才好喔。」他伸手摸了摸我的頭髮，像安撫小孩子一樣。「學妹妳要好好學學，免得以後抓不牢阿茂。」

「我、我幹麼要抓牢他！」我憤憤地嚷。「我……唉！」

學長露出好奇的眼神。「怎麼啦？你們吵架了？」

「沒有。」碰上阿茂那根傻木頭，誰能跟他吵得起來？

學長再次笑了，他很愛笑。「啊！麵好了，我去端。」他把我按在椅子上。「我去拿就好了，妳坐著。」

我再次看著他的背影走開，心中很不安很失落。

有個聲音在我腦袋裡跳來跳去，劇烈撞擊薄薄的腦壁，像是想在我的腦殼上開出洞似地鑽來鑽去，它不停地喊著：「告訴他！告訴他！」

這是沒有理性的聲音，我費力地把它按壓下去，然而不過多久，那衝動又跑了出來，而且以更響亮、更執著的語氣在我腦袋裡又叫又嚷，「告訴他！告訴他！快點告訴他！」

那聲音這樣狂躁，讓我好害怕，我真怕這不只是我腦袋裡的異想，我怕，只要稍微不注意，也許我會順從衝動，說出不該說的話。

明亮學長端了托盤過來，麵碗呼呼地冒著熱氣。

他有些興奮地說：「靠著桌子坐了一整天，全身都凍僵了。」

「學長，」我聽見自己說話的聲音，有點模糊，好像不是從我嘴裡說出來的字音，可是學長聽見了，他抬頭看我。「我問你一件事！」

「好啊，妳說！」他掰開筷子。

「你是不是……bluesea？」我虛弱地問。

這話問出來連我自己都吃驚。我並沒有想過 bluesea 是誰，那不過是個網路上的人而已，而網路上這麼多人，如果要一一追問誰是誰還得了？

可是好奇怪，我覺得學長就是 bluesea。

不！不是我覺得，是我希望，我希望他是 bluesea。

因爲剛剛那個下午，我跟 bluesea 談了好多好多，他出乎意料地了解我、懂我，他了解我到幾乎讓我害怕的地步了！如果這個帳號就是明亮學長……

學長看著我，一派若無其事的態度，他用筷子攪了攪羹麵半天，然後又看了我好一陣子。

他的視線就像是在想什麼！

我一點都感覺不到他的慌張。如果我說中了，那麼學長應該多少有點緊張吧？

突然覺得自己好像是神經病，總是在不能控制自己的狀態下做出些蠢事，也許這一切根本和學長無關……

我只是過度期待，希望學長是bluesea，因爲若他是bluesea，他就會知道我其實愛的不是阿茂，而是另一個人，另外一個人！

那個人就是你啊，明亮學長！

我腦袋裡轟隆隆地亂響著，可是臉上表情卻很僵，我甚至能感覺眼鏡慢慢向下滑，可是卻沒辦法抬起手去扶正它。

明亮學長放下筷子，他還是那副穩重平靜的模樣。

我覺得時間好像過得很慢，也許很快也說不定……這樣的僵局已經讓我無法分辨快慢了。

學長伸手橫過桌來，我想他大概是要像之前那樣摸摸我的頭。唉，我猜錯了，學長不是bluesea。我閉上眼睛。

「眞糟糕哪！」他說，聲音清清楚楚的。而當我睜開眼睛看他時，學長用手指把我的眼鏡又推回原位，他笑瞇了眼。「因爲妳，我恐怕又得換新帳號了！」

就算是眞的，就算我在發問時，已經預想到答案可能是yes，然而當學長不急不緩輕輕鬆鬆地說出口時，我所有的思考、語言，任何能夠使用的能力都完全消失殆盡！

就像是被什麼重物高速撞上胸口一樣的感覺，我好像不能呼吸，眼前一片黑。

「……原來眞的是你啊！」我極力想讓自己說話的口氣和平常一樣，可是，無論怎樣掩飾，總是洩自己的底。「爲什麼、爲什麼要隱瞞身分呢？」

「就像妳說的，我也需要自己的空間。而且，我有太多不能與別人共享的祕密了。」學長從容地說。「也正如我所說，每個帳號都代表我不同的情緒。」

「學長用 bluesea 上站的時候，很憂愁。」我回憶他在網路上所說的。

「沒錯。」他丟給我一個讚賞的眼色。

「那麼，學長爲了什麼事情憂愁呢？」我問。

這個問題問得很不好，我一說出口就知道自己錯了，因爲學長很快把頭低下吃麵，他的態度明白表示，這是個不能回答的問題。

我後悔自己的魯莽。

「如果我是小嫚就好了……」我撥著麵條，不無懊惱地說。

「爲什麼這樣說？」學長抬頭問。

我沒看他。「因爲我不會說話！」

「嗯？」

「我總是搞不清楚自己的立場，說一些無謂的、讓人討厭的話出來，把情況弄得很難堪。」

「因爲我沒有回答問題？」

「你可以不回答問題，」我說，有點賭氣的意味。「沒關係，我說過了，我不會說話，把情況弄得很難堪，讓你不舒服。」

「會嗎？」他微笑起來。「我只是不知道該怎麼回答問題而已，有些事情很難解釋的。」

「譬如說？」

「譬如說，妳願意告訴我，爲什麼不喜歡阿茂的原因嗎？」學長說。「還有，妳能告訴我，妳眞心喜歡的人是誰嗎？」

「……」

「不能，對吧！爲什麼呢？是因爲我不會說話嗎？還是妳不知道該怎麼回答呢？」

我沉默了很久才回答：「我懂了。」

「妳懂了，那很好。」他說。「基於互相尊重的道理，所以雖然我對剛剛問的兩個問題好奇滿分，卻不會強迫妳回答。」

我看著學長，有時候我覺得，他好像並不是我當初所認識的那個人，那個很負責任、有氣度、溫柔又體貼的學長。在我不確定的時候，他就變成另外一個人，一個我所不認識、陌生又奇怪的人。

他好像戴了一副深藏不露的面具，雖然我偶爾可以看見面具底下的眞實，但是大部分時候，我所看見的，只是一副面具。

我甚至不能確定自己所看到的哪部分是眞實，哪部分是面具。

「學長，你到底是個怎麼樣的人？」我問他。

「嗯？」

「我覺得奇怪，有時候……明亮學長好像不太像明亮學長。」我說。

「是嗎？那麼像什麼呢？」

「我不知道，你讓我感覺不太眞實。」

他吃完了麵。「然後呢？」

「然後我覺得你很奇怪。有時候我會覺得自己好像認識你，又好像不認識你……學長，你到底是個怎麼樣的人？」

學長一點也沒有想回答的意思，他只是微笑看著我。

「老實說，我也不知道自己是個怎麼樣的人。」他彷彿閃避似地說，「不過如果妳一定要我回答，我會告訴妳，我是個狡兔三窟、老奸巨猾的人，所以，學妹妳最好對我要心存提防。」

「爲什麼？」我傻傻地問。

「因爲，也許在莫名其妙的時候，我就把妳的心偷走了也說不定。」他看著我，帶著一股說不上來冷眼旁觀的神氣。

我看著他，完全說不出話。

不知道爲什麼，我想他應該了解了什麼、知道了什麼，雖然我極力掩飾。

這是種可怕的感覺，當一個人對你透徹了解，而你對他仍舊是一片模糊的時候，許多情愫就不再是那樣簡單的傾慕、喜歡、愛，更多的是不安、迷惘、若即若離……還有害怕。

我一瞬間有很多話想說，想否認、想承認、想拒絕、想說我什麼都不知道，也想告訴他我什麼都知道！

可是控制交談的嘴巴像是當場被封閉了一般，半個字都說不出口，語言凍結成冰，我變成了一根鹽柱。

心上波濤洶湧的起伏，要是持續下去，我就要因爲心臟跳動太過劇烈而瀕死了。我一方面驚慌地想像著自己倒下去的場景，一方面仍舊無法控制自己的激動。

我、好、難、過。

是眞的難過，不是因爲過度高興而難過。照理來說，學長知道我喜歡他，這是多麼値得慶賀的事，我忍耐了這麼久、等待這麼久，不就是爲了讓他知道我的感受嗎？

而現在他知道、他懂了呀！

可是我卻悲傷無法自抑，痛苦好像瞬間倍增，一下子翻江倒海地把整個人都覆沒了。

「我們出去走走好嗎？」學長說，「外頭空氣好一點。」

他說這話的時候人已經站起來了，而我恍然間才發現自己的眼眶裡都是淚，看出去，整個世界一片朦朦朧朧，就像是沉潛在海中，頭頂翻覆著浪花。

我跟著他走出餐廳，學長遞來面紙，而我開始拭淚。

入夜後室外的空氣又冷又涼，我們沿著長長的步道散步。這一刻我突然發現，整個世界原來像是浸泡在很深很深的水裡，又黑又冷、寒氣逼人。我想我們都只是這水底的一隻游魚，游來游去，想找一個溫暖的地方休息，卻總是碰到暗流、海潮，搞得分辨不清楚自己的方向。

「我不知道該怎麼跟妳說，事實上，直到剛才，我還在想，也許是我誤解了妳的意思。」學長走在前頭，他的聲音不響亮，可是我能聽得清楚。「也許是我想太多了……我以爲妳喜歡我，這應該不是眞的吧？」

我懂他的意思。「是眞的。」

他沉默了片刻，這是很長的片刻，在這冗長的片刻裡，我仍舊流淚、想哭。

「爲什麼呢？」過了很久，他問，「爲什麼是我呢？」

「我也不知道。」我慢慢地說，夾帶劇烈而無法停止的抽泣。「如果我知道就好了。」

「妳這樣說話的語氣，好像不是在討論妳喜歡我的問題。」他轉過身來說話，黑暗中我隱約可見他的神情，還是那樣笑笑的。「我們兩個好像是在要債。我說：『妳什麼時候打算還錢呢？』妳說：『如果我知道就好了。』學妹，如果妳敢欠錢不還的話，就算哭到眼睛瞎了，我也不會輕易放過妳。」

他頑皮的語氣讓我忍不住笑出來。

我居然還能笑得出來？我以為我會一直哭到心碎而死的。

然而學長瞬間轉為嚴肅。「妳不懂是對的，如果誰能真正說清楚自己喜愛另外一個人的理由，那麼他一定很冷漠。」

我看著暗夜中他模糊的輪廓。

「我也不知道自己為什麼會喜歡別人、會討厭別人。」他邁開步子繼續向前走。「有時候我會想，自己也許沒有什麼愛人的能力吧！」

我們在操場的高台邊找了個地方坐下來，學長拍了拍石階，示意我坐在他身旁。

他不說話，我也不說話，我們都選擇了沉默。

夜色非常黑暗，周遭沒有照明燈光。平日就算深夜，操場上也有人開了大燈在運動的，然而今天不知道為什麼，一個人都沒有，遠遠看過去，只見暗色的夜空中，遠遠的山巒以更黑更沉的顏色，龐然佔據了視覺的一角，就像是潑墨畫中最深最濃的那幾筆，寧靜、黝暗、寂寥。

我坐在學長身邊，那麼靠近，他的呼吸聲平穩均勻，清清楚楚地傳到我耳裡。這種感覺好舒服，很安心的舒服，好像聽他這樣地呼吸，就什麼都不用擔心害怕了。

慢慢的，我停止了哭泣。

「我覺得，我沒有資格喜歡別人或讓妳喜歡。」學長輕輕地說，「我不是一個很懂得該怎麼愛人、怎麼跟人相處的人。」

「可是學長喜歡學姊，對吧？」我執著地問，「我的大四學姊。」

「嗯。」

「學長說自己沒有資格喜歡別人，爲什麼又喜歡學姊？」

「就是因爲我喜歡她，所以沒辦法處理別人的感情。老實說，我也沒辦法處理我和她之間的種種問題。這樣講妳很難懂吧？我也不知道該怎麼說得更清楚些……唉！」他嘆了口氣。「愛情這種事情很難解釋。」

「那，學長喜歡小嫚嗎？」

「小嫚？她是個很好的女孩子。」明亮學長避重就輕地回答，「可是正如我所說的，我沒有資格喜歡人，也沒有資格讓別人喜歡。」

「爲什麼這樣講？我覺得學長很好，我很喜歡你！」

說這話的時候我心中砰砰地猛敲鼓。說出來了！我終於說出來了！

然而學長的回答卻令我熱血沸騰的心情當場涼了半截。「我能說謝謝妳嗎？」

「……」

「……」

「沒辦法回應妳，我很抱歉。」他輕聲道，「我覺得很抱歉！」

「妳喜歡我，是不值得的。」

「爲什麼？」

「因爲我喜歡的是別人。」他顯然遲疑了幾秒鐘。「她已經給了我答案，很久以前就給了，不過我不放棄就是了……男人的自尊，妳懂嗎？」

「……」

「我覺得妳跟阿茂在一起是最好的，從以前就這樣覺得。你們很適合，阿茂很好，他很喜歡妳。」學長像是在遊說。「妳知道嗎，他總是在我們面前說妳多好多出色，得意得叫人生氣，看了好讓人討厭。我和其他人，好幾次都想把他帶去廁所解決……學妹，妳跟阿茂在一起比較好，他懂得怎麼愛人，不像我，只會逃。」

「……」

「我很抱歉，」他重複著同一句話。「我覺得很抱歉。」

我很抱歉我很抱歉我很抱歉……我討厭這句話，我眞討厭這句話。

「你不用說抱歉，」我說，「學長，是我自己要喜歡你，無關任何人，是我自己傻！」

傻啊傻，我眞傻。

很多年後我才明白，在愛情裡，每個人都不聰明，都是個笨蛋。

「學長你會跟學姊在一起嗎？」我問他。

「這叫人怎麼回答？」學長的聲音在黑暗中很輕很輕，他說其他話語的時候總是很有氣力，讓人不能忽略他的存在，然而說到學姊時，那神氣就轉變了，有點失意落寞。「我想我們大概沒機會。」

「可是學長還是守著學姊，對吧？」

「那就是執著啊！我僅剩的也只有這麼一點傲氣了吧！」他低低地笑。「可是我想我這點傲氣，妳學姊恐怕還看不上眼。」

「學長，我喜歡你，也是憑藉著這一點執著……同樣的，我的執著你也恐怕看不上眼。」我第一次這樣勇敢地說話，「我常常想，如果我們之間沒有夾著學姊，如果你沒有喜歡學姊、我沒有喜歡你、小嫚沒有喜歡你，也許人生會完全兩樣，我會接受阿茂，就像你說的，他是個很好的人，跟其他男生都不一樣。如果沒有你的話，我會喜歡他。」我看著他的側臉。「可是，如果沒有學姊的話，學長你會喜歡我嗎？」

明亮學長長久無言，一句話也不說。

過了好久，那真的是好久好久的冗長空白，之後他才慢慢地嘆了口氣。「我不知道，誠實點說，如果沒有妳學姊，我也可能會喜歡上別人。但會喜歡上誰呢？也許任何人都有可能，其中當然也包括了妳。」他說，「學妹，妳是個很聰明又溫柔的女孩子，阿茂認識妳，他很幸運。」

是的，阿茂認識我，是他的運氣；反過來說，我能認識阿茂，也是我的運氣。

在這個世界上，我們認識任何人、愛上任何人、得到任何人或是失去任何人，都是運氣使然。

只是我愛的人和我所得到的人是不同的兩個人。

我的運氣不大好。

「學長我可以等你。」我哭起來，爲什麼會想哭？「我很喜歡你……你也許覺得我這樣死皮賴臉的很討厭，可是我不知道該怎麼說才好，我很喜歡你、很喜歡你！」

「可是，我並不是一個值得讓妳喜歡的對象。妳看，妳學姊多討厭我，她見到我連招呼都不打，她甚至不願意出現在我出現的地方。記得妳的第一次直系家聚嗎？她看到我在場，幾秒鐘的時間就離開了。她放話說過，只要我到，她就不願意再來……筱蕙，妳怎麼聽不懂呢？」他說得苦惱。「妳不要傻了，我不能給妳什麼，同樣的，我也不能給小嫚什麼。」

「我又不是想要得到什麼才喜歡你的，」我哭著說，「我只是喜歡你而已。」

明亮學長的手環過我的肩膀，他拍了拍我。「別哭、別哭了！」

我再次覺得自己很卑微，愛得很卑微，得到得也很卑微……學長現在對我很好，那只是因爲他知道我很難受。我喜歡他，這理由讓他雖然不能接受我的愛情，卻也不能對我疾言厲色。只是，他的一再安撫對我來說是更嚴重的傷害。

如果學長對我凶惡一些，叫我快點滾開、別再來了，那也許我還會好受點。

至少我可以恨他，恨得牙癢癢的，想到他就火冒三丈、氣得死去活來，就算是這樣，也總比哭哭啼啼剪不斷理還亂好些。

「我們可以當朋友，」他安慰地說，「當好朋友好嗎？當好朋友吧！」

我哭得更大聲了。

這輩子最慘的莫過於此：喜歡的男孩子告訴妳，「當朋友好嗎？」而這時候我已經愛他愛到不能自拔的地步。

再好的朋友也越不過那條邊界，情人和朋友之間位階分明，我怎麼能愛上自己的普通朋友，然後把最愛的那個人置於次位？

我推開他。「夠了，別安慰我！」

「筱蕙？」

「我們不能當朋友。」我抹去眼淚，說得斬釘截鐵。「我們絕對不能當朋友。學長，你不是我的朋友，我也不是你的。」

朋友和戀人的差距只在一線之間，多愛、多付出一些，就是情人的關係；而少一點關注、多一點分心，愛情就沒有可能再繼續。

我以為，戀人和仇人的分別也只在一線之間，那距離甚至比朋友更短更接近。愛一個人，能愛的時候是戀人，不能愛的時候，反過來就是互相傷害的仇敵了。

與其與學長繼續這樣不明不白、似有若無的關係，我寧可選擇恨他。

恨他、咬牙切齒地恨他，那至少也是種專注。我專注於恨他的心意，就像我愛他一樣。

我站起來，突兀地、毫無預警。「我要回去了！」臉頰上還有淚，但是說起話來口吻冷淡。

面對自己最喜歡的人、第一次愛上的男孩子，我的心裡仍舊波濤洶湧，他的一切都是好的，我那麼珍惜他，害怕傷了他的心，遠甚於害怕傷害自己的心。

然而，無論我怎麼做，我們兩個永遠不能在一起。

這是一開始我就知道的結果，於今登場，卻火辣辣得讓人難以接受。

「筱蕙，」他站起來。「我很抱歉！」

「夠了！」我忍耐著不哭，但眼淚一直衝上來，打在我最脆弱的心上。「我知道。」

學長站在我面前，他比我高很多，我得抬頭看著他。

以前，我從不敢這樣直視他的眼睛、他的臉，因爲害怕在羞怯中露出馬腳；而我現在毫不畏懼，其實，也沒有什麼値得害怕的了。

天怎麼這樣黑呢？當我第一次也是最後一次膽敢直視他的時候，卻沒辦法看清他的面容神情。

「說抱歉也不能解決任何問題，對吧？」我說，清清楚楚的。「我喜歡你是眞的，但這不是學長你的問題，而是我的。我會想辦法解決這個問題。」

「筱蕙！」他喊我，聲音輕柔。「我……」

我很害怕這樣的聲音，那會讓我覺得，自己其實並不夠堅強，而決定都是錯誤的。

「我不能跟阿茂在一起，那太傷害他了。我一直希望自己不要去傷害別人，也不要有人來傷害我，然而在不知不覺中，我們卻也都成爲互相傷害的工具。不管願意與否，這就是事實。」我打斷他的話。「學長，你很好、非常好，我喜歡你不爲什麼理由，只是因爲喜歡而已；可是我不喜歡阿茂也只是因爲不喜歡，沒有別的理由！事實上……」

用力深呼吸，我知道自己接下來要說的話有多傷人。「你一直安慰我，說我很好、說你不值得我愛你，這不過是希望不要傷害我罷了。可是在這個世界上，很多人在生下來的時候、長大的時候、存在的時候就注定要互相傷害了，就像你這樣！」

我說得渾身發抖。「我也不是很好、很值得讓人愛的女生，你可以不接受我沒關係！反正我知道，這世界上就算沒有學姊、沒有複雜難懂的那一段關係，你也不會喜歡我。你會喜歡小嫚，因爲她比我更好！」

明亮學長不答話，我不知道自己是說中了還是沒說中，可是不管怎樣我都傷害了他，就像他讓我心痛、悲傷、失落，我也同樣地重擊他。

可是不管怎樣，我這麼做，都只是個蠢蛋在無能爲力之餘，困獸般掙扎的行爲。因爲無論我怎樣加害他，同樣的，我也在加害我自己。

「從今天開始我要討厭你。」我說得很輕很淺很冷漠。「學長，我要恨你。」

「爲什麼？」他問得很淡很冷。

「因爲我很喜歡你，只要我喜歡你的一天，我就會恨你一天。」我說，「我不會對你做些什麼，就是恨你而已。」

「……」

「你為什麼要揭開這隱藏的事實呢？」我回想這段時間的一切。「如果你不用bluesea試探，如果你晚餐時不刻意出現，如果在餐廳時你不百般暗示，我的日子會像以前那樣過得平順寧靜。但因為你說了、你探究、你打聽了，所以，我們的關係也完了。」

「如果沒有揭穿這一切，我也許會跟阿茂繼續下去，也許，我們可能會有點結果也說不定……我不知道。我不知道以後會怎樣、阿茂以後會怎樣，可是只要謊言不戳破，我們就都不會怎樣！為什麼你要把事實說出來呢？為什麼你要問我這些呢？」

「我很抱歉。」他還是重複著那句話，我恨透了的那句話。

「永遠不要對我說抱歉！」我衝動地喊起來。「我不要聽你再道歉！我喜歡你，我不要聽你跟我說對不起！」

操場上的探照大燈突然閃動了一下，我轉過去看，支架上的燈座發出淡而隱約、不清楚的亮度，有點閃爍。

我知道有人打開了照明開關，燈會慢慢地亮起來，一點一點的、愈來愈亮，到最後，整個操場都會籠罩在這白色耀眼的光明下。

而黑夜會消退，隱藏在黑暗中的一切將無所遁形。

我想，我的暗戀就像是這層黑暗，光亮愈強，相對的，黑暗就愈深邃。

轉過頭來，我看見學長，他離我那麼近，我們之間只有兩步的距離，我看著他，他看著我，因爲燈光的照明，讓我可以清清楚楚見到他臉上的表情。那是說不出來的神氣，我從沒見過學長臉上出現過這種表情，彷彿受傷了，又彷彿只是純粹的冷漠。

我也看著他，我不知道他能從我臉上看出什麼。

操場上的主燈愈來愈亮了，那亮度好似能夠照進我的心底。燈光再次閃爍，它每次閃爍之後就更強更亮。我不知道這樣強力的照明，是不是能照進我陰暗憂鬱的心底，如果可以，能不能把我的煩惱洗去？

學長還是那樣瞅著我，就像是我在一瞬間把所有心事祕密都宣洩出來了、無法隱藏了。

「我要走了，學長謝謝你。」我盡量保持冷漠的態度，扭頭走上階梯。

至少要走得乾淨俐落，我不想在他面前再次表現出脆弱。

「筱蕙，」學長喊我，「妳忘了一樣東西。」

我回過身看他，那是直覺反應。

明亮學長走上前來，我們站在同一個階梯上，他比我高，居高臨下看著我的時候，讓我再次覺得手足無措。

「什麼東西？」我抬頭，不卑不亢地問，想佯裝我並不在乎、恍若平常般的鎮定。然而不管我想表現些什麼，這句問話並沒有說完，因爲學長已經擁住我！

我第一次被吻的感覺就像是一片空白。

什麼也說不出來、什麼知覺也沒有，操場上的燈愈來愈亮了，我們就站在主燈直照的位置，刺眼的白光讓我的腦袋和神經都完全失去了作用。

學長最後說的話在我腦袋裡旋轉，「要恨我或喜歡我，就讓妳自己選擇吧。」他的語調還是那樣，淡淡的，卻非常溫柔，比平常更多的溫柔。

因爲這樣特殊的溫柔，我想我會恨他到死爲止。

我一直詢問自己爲什麼要這麼執著。

我從來不是一個會爲了什麼目標而認眞負責、努力付出的人，也許是性格懶散的緣故，我總覺得，人生是老天早早安排好的，強求也沒有用。

爸總說我沒出息。「妳這樣怎麼可能會有成就？」

「反正，該得到的就會得到，該失去的就會失去，要怎麼努力跟天爭？」我頹廢地反駁。「我就是這樣的人，沒有成就也無所謂。」

爸媽都是白手起家的人，也許是因爲他們從一開始就一無所有，所以對於現在的成就感覺驕傲，那都是一點一滴辛苦累積換得的價值。

而我生來已經擁有一切，所以對什麼都不在乎、對任何事情都不看在眼裡。我最大的希望就是考上大學，讀完書後找份工作做，只要不餓死，什麼都好說。

於是我的態度影響我的行動。

讀書讀得半調子，考試考得普普通通，和許多同年、同環境長大的朋友一樣，對人生懵懵懂懂、一無所知。

是這樣的原因讓我喪失了競爭力，是這樣的原因，我從不過分執著什麼想要的、想得到的、喜歡的，有時候我甚至會覺得，連自己有沒有主見，都是令人懷疑的問題。

我好像沒有什麼奢望，沒有什麼能讓我爲了「它」付出一切、不擇手段、不計代價想要得到、想要抓在手心裡的渴望。

我似乎是一個淡泊的人，對於什麼都不太在乎也不想在乎。

直到碰上了明亮學長，我才知道自己其實比任何人都虛僞。也有想要的東西、想要的事物、愛上了就不能放手的東西。和平常人一樣，我也會因爲想要得到什麼而輾轉反側、日夜不眠。

第一次喜歡一件東西喜歡到要心碎的地步，而這樣的喜歡甚至說不出什麼原因，就只是喜歡、愛，看到的時候就想要。

怦然心動的感覺太美好，我不能罷手。

學長是讓我第一次感覺非要到不可、失去了我會發瘋的人，我常常懷疑，是不是這個世界上，每一個女孩都擁有能給予她相同感覺的對象？是不是每個人都有屬於自己的「學長」？

那麼，如果不得已失去他的時候，是不是我們都會感到椎心刺骨的痛？

怎麼讓這樣的痛苦消失呢？

「妳知道為什麼書店裡到處都是愛情小說嗎？」橘頭聽我說完整件事情的始末，神色平靜地反問。「美好的愛情故事、溫柔的愛情故事、happy ending的愛情故事……這麼多愛情小說，為什麼永遠看不膩呢？」

「不知道。」我搖了搖頭。

宿舍裡充滿咖啡香，橘頭背靠衣櫃，直著雙腳坐在地板上，她很閒適地喝了口咖啡。「因為悲傷的故事太多了，真實世界裡，每樁愛情的結尾都不盡美好，所以人會希望在文字裡完成一個盡如己意的想像，賦予自我一個存在的價值。」

「妳說的……真難懂。」

「我的意思是，不是只有妳一個人為愛情心碎，倒楣的人可多著了！每個人受傷的時候都會哭，都以為自己傷得最重，他們才不管別人流血不流血、痛不痛，哭得大聲的人就以為自己能得救。」

我無言了半晌，很久才能說話。「我只是覺得很難過。」

「當然會很難過，初戀嘛，誰不傷心？」橘頭看著我的眼神有點飄忽。「可是換個角度想想，妳也得到了很多啊！」

「哪有？」

「那個吻不是禮物嗎？」橘頭賊賊地笑。「妳真會為此恨他一輩子？」

「……」

「有必要恨他嗎？會或不會，都只是一個選擇題而已。」橘頭瞄瞄我，又收斂眼神喝了口咖啡。「而且，妳愈恨他，就愈記得他！」

「有一天會忘記的，」我說，「時間會讓我忘記。」

「不可能！」橘頭回得斬釘截鐵。「時間雖然會讓人遺忘，但是不能改變事實，妳只要還在意他、還記得他、還不能看開，妳就不會忘記他，永遠不能夠忘記！真正的遺忘是心上沒有了、不動心了、沒感覺了，完完全全地死心。但妳愈恨他，就愈不能死心。」

我挪開視線，把眼睛看向宿舍窗外的山景。午後的山色沉靜，遠遠的天空藍得令人深覺不可思議。這樣的湛藍，讓我又想起學長。

「他不是說了嗎？讓妳選擇，要恨他或喜歡他，讓妳自己選擇。」

「那又怎樣？」

「那就是說，不管怎樣，妳都沒有失去他。喜歡或愛，都是放在心上的，妳只要把他放在心上，無論人生怎樣、際遇如何，這輩子妳都不會放開。」

「……」

「就某些方面來說，妳也得到他了，不是嗎？」橘頭說。

我看著環繞綿延的山巒，從這一端延展到那一端，在遠遠目力所不能及的天邊消失了盡頭，從窗裡往外看，這就像是一幅畫，一幅寂寞的畫。

山的這一端是我，那一端是學長，無限延展下去，不知道有沒有可能相接？

「妳很幸運，有個很好的禮物去記憶他。」橘頭笑了起來。「可是，妳什麼時候會清醒？」

清醒？那是什麼感覺。

「阿茂那邊，妳打算怎麼辦，說再見嗎？」她問我。「小嫚呢？」

我不在乎小嫚，對於她，友誼淡薄得就像不曾存在過一般。

然而該拿阿茂怎麼辦？我不知道。

從那天晚上之後，他就像是從我生命裡完全消失，接連兩、三天，沒有半點消息，我不知道他去哪裡了？他回來了沒有？他在不在山上？我沒有把握確定。

他是不是知道了所有的事情？

「妳很怕他知道事實嗎？」橘頭問，「爲什麼？」

「因爲我欺騙了他。」我說，「我是個壞女孩，我欺騙、傷害、背叛了許多人。」

「那也不是什麼大不了的事情，每個人都一樣，都有惡貫滿盈的時候。」

「阿茂對我很好，我怕讓他傷心。」

「再好的人都有私心，阿茂對妳也有私心，」橘頭喝乾了咖啡。「不要以爲只有妳壞，每個人都壞，包括阿茂，他也有不可告人的祕密才是。有一天妳總得面對他！」

「我只希望這一天來得愈晚愈好。」

「這個世界的規律是這樣的，當妳愈希望得到什麼的時候，妳就愈容易失去什麼；當妳愈在乎誰的時候，他就愈不在乎你；當妳什麼都不在乎的時候，每個人都來敲妳的門了。」

「然後呢？」

橘頭對我眨眨眼。「妳只要等著，時間到了，他自然會來敲妳的門。」

然而，小嫚比阿茂更早來敲我的門，那大概是從橘頭跟我說完話後算起第五天。

說實在的，我有點怕小嫚，可是又說不出到底爲何怕她。

我希望我們兩個最好永生永世不要再碰面，因爲每次看見她，我就會想到她跟學長之間談笑風生的模樣，那會讓我有種想掐死她的衝動，雖然只是想想而已，可是那總讓我覺得，自己變得愈來愈恐怖！

我們曾經是朋友，很好的朋友，無話不談、毫不隱藏、互相信任、坦承相告，我那麼喜歡小嫚，覺得她聰明有決斷、性格直爽，她有很多很多優點，然而只因爲一個缺點就被我完全抹煞了。

她喜歡學長，她也喜歡明亮學長……

爲了這個原因，我再也不願意和她成爲朋友。但現在，她主動來找我。

「我們談談。」小嫚堵在從教室往宿舍的必經路上，她還是那樣地直率坦白、眼神銳利。「紀筱蕙，我們來談談，單獨談談！」

我覺得可怕，轉頭看了看一旁的橘頭，想要求救，沒想到橘頭只是翻了翻白眼，「好，妳們談，我去圖書館。」她反應迅速地扭頭，往另外一個方向走。

於是我和小嫚留下，兩雙眼睛互相瞪視對方。

「妳知道擠青春痘的感覺嗎？」她先說話。

「什麼？」我一下子反應不過來。

「青春痘，」她比畫一下臉頰。「擠青春痘的感覺，就像是我和妳說話的感覺。」

「那是什麼意思？」

「妳是個喜歡隱藏祕密的人。」她說。「前幾天，我跟蔡明亮吃飯的時候，他跟我說了一些話，大概的意思是說他沒辦法和我在一起。」小嫚看著我。「他說他很抱歉，同時得傷兩個女孩子的心。」

「那又怎樣？」我有種被羞辱的感覺，但外表上試圖裝得若無其事。

「他說的兩個女孩子，一個是我，另外一個，是妳嗎？」

「我不知道。」

「我覺得是妳。雖然我沒問蔡明亮，他也沒說清楚，可是我直覺相信，他所說的另外一個人是妳！」小嫚拔高音量。「是妳嗎？」

「我跟妳說，我不知道。」我撇過頭去。

「我知道是妳，」她喃喃自語著，「除了妳之外還有誰呢？妳也喜歡蔡明亮。」

「我不喜歡他，我恨他，妳不要弄錯了！」

「不喜歡他，會恨他嗎？因爲我跟他在一起，妳吃醋了！」小嫚大喊。「我知道妳喜歡他，我知道！從一開始我帶妳去看他打籃球時就知道了。妳當我笨蛋還是遲鈍嗎？妳當我眞的什麼都感覺不出來嗎？」

「……」

「妳以爲可以隱瞞我一輩子嗎？妳以爲我不嫉妒妳嗎？」她繼續喊叫，「我看妳跟學長一起家聚，看著妳每天早上去吃他做的早點，妳滿衣櫃裡都是水藍色的衣服，我知道那是他喜歡的顏色，我還聽妳說了不少關於他的事情，像是他喜歡的是妳家族的學姊、他跟妳的直系學長有多熟多好……妳當我是笨蛋，我從來沒感覺到嗎？」

「我不知道妳在乎這些。」我驚異地說。

「在系大會上，我看妳偷看蔡明亮時的神情，就知道妳喜歡他了。我早就知道妳怎麼想，可是我沒說出來，爲什麼？是因爲我不想讓妳發現我已經知道一切。當妳跟我說妳有自己喜歡的人時，我就察覺到妳在說誰了。我一直想，拜託妳千萬不要說出來，妳如果說出來，我們兩個一定會翻臉……」

她喘了一口氣。「那天晚上妳從圖書館出來，我一直跟在妳後面，蔡明亮看到妳，就喊妳去他社團吃消夜，他喊妳的口吻、拉拉扯扯的動作……妳知道我看了有多酸嗎？我也喜歡他，但他從來沒這樣對待過我。」

「學長只是把我當妹妹，」我說，「而且你們碰到面總是談得很高興，不是嗎？」

「朋友般的交談，當然高興。」小嫚冷冷地說。

「學長稱讚妳聰明漂亮，他從不這樣說我的。」我也吼了起來。「張瑜嫚，妳不用對我發火，妳有的我沒有，我有的妳也不必特別羨慕！我才是眞正羨慕妳的人，妳可以跟學長那麼親近地談話、能在我面前大言不慚地說他如何如何，你們還一起出去玩啊！」

小嫚沉默了，她看著我，目光冷淡。「多傻啊我們兩個，互相憎恨只爲了喜歡上同一個人。」

「……」

「爲什麼妳會喜歡蔡明亮？」她問我。「爲什麼？他不帥不高不特別英俊瀟灑家財萬貫，爲什麼妳會喜歡他？」

「那妳又爲什麼喜歡他？」

「……」

「我們都找不到理由，對吧？」我說。「妳問我爲什麼，是不是因爲妳也找不到答案呢？」

小嫚看了看我，她眼神裡的那股銳利已經慢慢消退了。

「我現在才懂什麼叫作三角關係，我們之間，眞像是一個等腰三角形。」她慢慢地說，「我喜歡蔡明亮，妳也喜歡他，我們一直都以爲對方距離他比較近，可是現在才知道，其實誰也沒有比誰更接近他。我們都在猜測彼此距離的遠近，然後被自我想像給弄得痛苦死了。」

我沉默不語。

「蔡明亮跟我說他沒辦法喜歡我的時候，我心裡想：唉！這樣也好，反正從一開始我就知道我們誰也沒希望。蔡明亮最喜歡的女孩不是我也不是妳，我們都是自己傻想而已。」

我不能回答什麼。

「在這段時間裡，我一直想辦法把妳推到阿茂那邊去，總是在妳面前說著關於我和蔡明亮的事情，我想，如果妳能因此而大受刺激、改變心意就好了。妳到阿茂那邊去的話，我就可以獨佔他。有時候我會覺得這種想法很卑鄙，因爲事實上妳並沒有辦法去佔據他，就像我沒有辦法獨佔他一樣，只有蔡明亮自己才有權利去決定該往哪裡走……我覺得我在背叛朋友！

「我常常想起以前我們總是在學校裡散步、聊天，那個時候我們很要好，不是嗎？」她問，「可是後來呢？慢慢的，我把這樣的好友關係給打壞了，我不想這樣做，我也不想讓妳難過，畢竟我們是朋友……可是如果不傷害友誼，我就要失去愛情了。妳知道我會選擇哪一方的，對吧？我的個性就是這樣，想要的，就一定要拿到！」

「那妳拿到了嗎？」我反問。「妳得到妳想要的了嗎？」

小嫚搖搖頭。「我沒有，妳也沒有。」

「妳來找我，只是爲了想說這些？」我不耐煩了。「如果妳只是想說這些，那夠了，我不想再聽。」

我與她擦身，繼續往前走。現在看見小嫚，是一種悲哀，她以前不是這樣子的女孩子，她自信又驕傲，笑起來很漂亮。

然而現在她在我面前說獨佔、說自私、說傷害！

那些都是我想說、我該說的話，而不是她的！

「紀筱蕙！」走了幾步，我聽見她喊我。

可是我並不想回頭，只是停下腳步。

「我要跟妳說抱歉，因爲我的緣故，讓妳難過了吧！」她嚷，「都是因爲我的緣故！」

我說不上來那是怎樣的感覺，只覺得自己胸口熱熱燙燙的，情緒激動不能自抑。

「我也討厭妳！」我轉過身朝她大吼。「妳知道我有多痛恨妳嗎？我們兩個如果不認識該多好？如果我們不是朋友該多好？爲什麼我得跟我的朋友算計心機、互相妒忌？爲什麼我們就不能夠像平常的朋友一樣，坐下來，好好地聊聊天、談談心事，當永遠的好朋友呢？爲什麼我們要喜歡上同一個人，而且注定兩個都沒有結果。爲什麼妳要對我道歉？爲什麼你們都對我說抱歉？眞正該說對不起的應該是我才對……可是我又怎麼能跟妳、跟他……跟阿茂說對不起？我們到底是哪裡做錯了要互相道歉？到底是哪、裡、做、錯、了！

「每個人都希望能擁有自己的幸福，我也希望能夠擁有幸福。我們都這樣希望，可是爲什麼我們都得不到？我喜歡學長，妳也喜歡學長，到頭來妳和我誰也沒得到自己想要的幸福，學長也得不到！阿茂喜歡我，我卻不能相對回報他……是不是一開頭我們就錯了，都愛錯了人才會有這樣的結果？」

小嫚滿臉錯愕地看著我。

「我們是一團牽扯糾結解不開的結，聚頭在這裡也卡死在這裡，互相傷心難過牽動其他人，卻又互相猜忌嫉妒傷害其他人。我們不該認識，也不該當什麼好朋友的，可還是碰在一起……」我對小嫚咆哮。「我沒辦法解釋爲什麼，也請妳不要向我道歉，因爲如果說要道歉的話，我得和你們每一個人低頭，所以我只能討厭你們！」

「我也厭惡妳！」小嫚說，「可是這並不能改變任何問題。」

我想起以前的許多事情，剛進大學時，我是那樣快樂，一點點小事都能感到喜悅、每天都覺得新鮮有趣……曾幾何時，這樣的美好已經改變了？是我改變了還是現實改變？

有時候我會想，爲什麼會討厭小嫚？

我會舉出很多她的缺點，她自大驕傲、她過分率直，她的優點都變成了缺陷，而所有的缺陷都抵不過她喜歡學長。

愛是最自私的，我不能容許當我在愛一個人的時候，別人也同樣愛他。

也許我最討厭的人，其實是我自己，是這樣自私、獨佔欲強烈的紀筱蕙，不是小嫚，不是學長，不是任何人，就只是我自己！

「我曾經以爲，要再過很多年，我們才會走到反目成仇的地步。」她說，聲音清脆。

「我以爲我們還能再做朋友，我以爲我們有一方會先放棄，我以爲那個先放棄的人會是妳……不，也許是我也說不定，但我以爲的這麼多事情，卻沒有一件料中！」

「這是我的錯？」

「這不是誰的錯，不是妳的也不是我的。也許妳說得對，我們得互相討厭，才能把這樣的錯誤推卸給對方承擔。」她說，「但是我不打算繼續愛他或恨他，我說要放棄的時候就會完全放下、走開。愛情不該是這樣，這種戀愛太累了，我不要這樣繼續下去，這是一場混戰！」

「……」

「我只是要來告訴妳，曾經，妳是我很要好的朋友。」小嫚有點感傷，她說話的口吻一反剛才的尖銳，反而帶點寂寞的味道，「我曾經非常喜歡妳，也許就是因爲太喜歡妳，才會傷害妳，就像妳傷害我一樣。是誰錯了嗎？誰也沒錯，錯的也許就是我們居然是朋友，如此而已。」

小嫚離開的時候，我很難過，難過的感覺就像是有人在傷口上灑鹽。我知道我失去了很多重要的東西：喜歡的人、最好的朋友……友誼和愛情的價值有時候看起來很重，但卻失去得很輕易，一個不小心，就什麼都沒有了。

我想，就算整件事情重新開始，最後的結果也許仍舊如此。

因爲我們還是會做出相同的決定，會喜歡上同樣一個人、會被拒絕、會互相嫉妒和憤怒……爲了莫名其妙的原因。

一切好像都太不值得了，然而在過程中，誰又想過這些事呢？是不是人總是要到失去的時候，才會衡量所失去的，有多重要？

我常常在想，什麼叫作痛？

傷心難過的時候，我會形容那種感覺叫痛，痛的感覺很微妙，就像是心被揪扯、纏繞、不斷擴張又不斷縮緊。我說那是痛的感覺，可是久了就不覺得眞的很痛，反而有點害怕會失去這種感覺。

我想我在依賴疼痛，因爲疼痛令我覺得自己還是活著的。

許多人都說成長過程中經歷一、兩次愛情的挫折，人會成熟得更快。可是我想那些人一定不知道，所謂人生的挫折，其實就是生命的切割，把多餘的、被淘汰的部分切掉，把感情磨平、把知覺靈敏度降到最低……最後，人就成熟了！

成熟的人就像是一顆柔軟的皮球，可以握在手上，怎麼揉捏都不會變形，重重地摔到地上，它還會反彈回來。

成熟的人就算痛也不會說的，事實上，他們也許根本感覺不到痛了。

我希望生命裡能保留一個段落，每次想起來的時候還能有點知覺。記憶總是特別晦暗，愈是陳舊的愈灰黃、愈麻木，我好害怕也許有一天自己會完全遺忘了這些回憶曾經帶給我的情緒：快樂高興、悲傷疼痛、暗戀的興奮、掉眼淚的心酸……初吻的滋味。

因爲害怕失去這些感受，所以把痛苦加倍，好讓自己不要遺忘曾經發生過的，好永遠銘記在心頭。

時間飛逝，在我傷心的時候，日子毫不留情地過去了。彷彿是電影裡的運景般，我低下頭的時候還是嚴寒的冬末，再抬起頭，已經進入熱情的盛夏，濃綠的樹蔭在陽光下搖擺，溫暖的氣息、風的聲音……一切都不一樣了。

而我也變得不同。

學長和阿茂，像是在我的生命裡突然消失了那樣，不出現了。在課堂上看見小嫚，但她望向我的視線就像是看見一張椅子，並不冷漠，只是沒感覺罷了。

我知道，我在她的心中，也不過就是一張椅子的價值而已。

至於明亮學長，他完全失去了蹤影。

這個學校就這麼點大，人與人，哪能不碰面呢？我總以爲還有機會再見到學長，也很害怕再見到他。事實上，我不知道能再與他說些什麼、談些什麼，然而這些顧忌都是多慮，從那天晚上後，我沒再見過他。

現實生活裡沒有，網路上，bluesea 和 icelight 也都不再使用了。

橘頭說，如果明亮學長不願意讓我見到他，自然有方法消失。

「如果妳不想碰到阿茂，也有的是辦法把自己藏起來，對吧？」她笑著反問。

是的，剛開始我很不願意見到阿茂。

我害怕面對他，害怕承認自己犯的錯——我欺騙了他，在無心的優柔寡斷與有意的敷衍躲避之間，我欺騙他！

橘頭總安慰我說，那不是有意的錯誤，她說人在感情上總是自私的。

可是我知道，在某一方面我喜歡學長，而在另外一方面，我又接受阿茂對我的好，而且希望他對我更好更好！

這種行爲幾近背叛。我雖然討厭「背叛」這樣的用詞，卻不得不承認，自己的確是用兩種不同的態度面對學長和阿茂。我曾經刻意地傷害阿茂，只爲了想要提高學長在我心中的價值。後來，我還對阿茂任性耍脾氣，讓他承受我的愧疚和不安。

每次想起種種過去的行爲，我就覺得害怕。

我一直覺得，自己有一天一定會遭受報應的。而失去學長的時候，我想那報應已經成眞。

然而不管怎樣，眞正的結還沒解開。我想逃避阿茂，盡量不要再去觸碰那個我已經認爲畫下句點、沒有結果的休止符，卻又明白地知道，有些事情沒完，還沒完。

可是就算是尾聲，也不會平淡。

學期告終時，我鬆了口氣，就像是作賊心虛的小偷，僥倖逃過一劫般慶幸。

「下個學期再說……」我告訴橘頭。「如果可能，希望今年能轉學到別的學校去，哪裡都好，就是別留在這裡了。阿茂還得在這所學校待兩年呢，難保我以後不會再碰到他啊！」

橘頭只是眨了眨眼，像是洞悉我心意般地了然微笑。「但這個世界就這麼點大呀！」她懶懶地說。

這世界的確很小，而且，一個人要躲避另一個人雖然容易，但是倘若其中一方執意要找著你，天涯海角你也跑不掉。

我們在學期的最後一天相遇，在圖書館裡。預備進入長假的圖書館，氣氛懶洋洋的，而我坐在長條閱讀桌的這頭，漫無目的地翻書。

陽光從高高的窗戶上落進室內，整個空氣裡都瀰漫著夏季午後慵懶的因子，而我覺得疲倦。

我沒料到還會再碰見他……不，也許我料到了，只是我沒逃跑而已。

然而等我發現阿茂的存在時，他已經坐在我隔壁的位置上翻著書，很快地翻著，就像是在玩一樣。

我看著他翻書的動作，嘩啦啦的紙頁從他手指間滑過去，泛起輕輕的波動。

「午安，」我平靜地說，因爲太累了所以平靜。「好久不見。」

阿茂並沒有回答，他仍舊在玩著他的書頁，唰啦啦地翻著。過了很久，他側過頭移轉眼神，慢慢地看向我。

那個眼神我不能說得清楚，我想我這輩子都沒有辦法細說他的眼神，那樣平靜安穩，好像我們之間這將近三個月的空白不曾存在。他就那樣凝視著我，溫柔而坦白，像以前那樣。

我一直覺得，阿茂有一雙牛的眼睛，善良又和氣，寬容得讓人覺得像一潭水。他擁有很多優點，可惜我從不仔細去觀察，我總是忽略他……而他也明白我忽略他。

阿茂並沒有說什麼，只是那樣地看著我。

我也望著他。

他的眼神並不哀傷，就只是靜靜地看著，像是在觀察，又像是在沉思，我有點不能掌握他看我的眼神中到底包含了些什麼，也許有他的含意吧，也或許什麼都沒有也說不定。

我們互相注視了好長一段時間，陽光的顏色漸漸柔軟，天色慢慢變化，光影之間的交替輕柔得像水一樣，好似很漫長，其實迅速得幾乎讓人捉摸不出來。

天色轉而爲黯淡時，阿茂收回了他的眼光，推開椅子站起身來。

他把書放回不遠處的書架，然後轉身離開了圖書館。

這連續的動作並不慌張，而是很慢很慢、很輕鬆很自然的。他離開，就像是他進來一樣不動聲色，沒有驚動任何人。

他沒有回頭，也沒再多看我一眼，甚至，沒有任何表情……

阿茂就像是張白紙一樣，被風吹拂，從我身旁飛過去，然後消失無蹤。

他離去得那樣平靜，好像我的存在並不具備任何意義。

我們並沒有說再見。就像是我沒和學長、和小嫚說再見那樣，我們沒有道別、沒有隻字片語的留言。

小嫚曾經告訴我，從前的人是不隨便說再見的。「因爲鄭重地告別，就表示他們不會再相見了。」

「所以不說再見就表示……」

「下一次也許還會再見面。十年後、二十年後，在不同的時空地域裡，還有相遇的可能。」

「妳相信嗎？」我反問。「眞的嗎？」

「誰知道呢！」她笑著說，甩著她短短的辮子。「那妳相信嗎？」

「嗯。」我沒回答，只是記了起來。

這是關於藍色的故事。

＊

夏天來了又去，每當這炎熱的季節到來，風的氣息就變得更濃郁了些，溫度升高，人與人之間的距離變得似緊密又疏離。

這是個擅於說別離的季節。

我在學生時代，總覺得說「別離」是件非常嚴重的事情，那彷彿就代表了不能再回頭、沒有機會反悔的結論，總令人懷抱強烈的猶豫和遺憾……還有眼淚。

然而時間過去，一年一年，生命就像是過度操勞的手，在消耗中長出麻木的硬皮老繭，沒感覺、不在乎，我已經習慣了說再見，說出口的時候還會流淚，轉個身又能微笑。都是真心的，眼淚和微笑就算一起出現，也不矛盾。

這也許是社會訓練下的老練成熟。

那天早上上班時，車子停在紅綠燈前等待的片刻，看著路中央分隔島上那列長得挺拔的大樹，高高的枝頭、濃綠而繁茂的綠蔭，在早晨的微風中搖啊搖，彷彿是很多年前我在山中所看到的那些樹。

不知道爲什麼，我突然開始想念曾經的過去。想念早晨起床拉開玻璃窗就溜進房裡來的漫天大霧；想念初春的時候在校門口盛開，艷麗如夢境般的山櫻花樹；想念一年四季總是濕氣陰霾的石階；想念每當夏天來臨，山坡上長長的綠草如茵，滿滿都是山的味道、水的味道、風的味道、雲的味道……

雖然這個時候，我坐在冷氣滿溢的車子裡，身上穿著上班的套裝，戴著腕錶的手橫在方向盤上無意識地敲——我在趕早上的開會！

已經不是那個十九歲，穿著T恤牛仔褲背著布背包的大學女生，過了那段年紀，人改變，事改變，心情也改變。

然而很奇怪，雖然我離十九歲那麼遙遠了……七年了吧？可是有些記憶怎樣也不能忘記。我還記得爲了期中考的日文，大家是怎樣含淚熬夜拚命地做小抄；我還記得校慶園遊會的前一天晚上，我們在系辦調製一桶一桶到最後都賣不出去的紅茶；我還記得寫報告的時候怎樣在圖書館蒐書，爲了搶那幾本絕版的資料，我們怎麼在一開學的時候就先去把A架上的書藏到Z架上去；我還記得扛著行李趁暑假與同學結伴環島；我還記得……

我記得的太多，但時間卻過得太快了。

紅燈轉綠時，我把回憶的情緒收斂起來，眼光掃過一旁座位的一整箱文件。

在坐上會議桌前，我必須得把旁邊這堆複雜的鬼東西，全數轉換成讓白癡都能理解的數字和解釋，然後，強迫每個在座的聽眾，包括我自己，全盤接受並且點頭稱是。

這是我的工作。

大學畢業後我考進廣告公司，這個工作不是我的第一志願，會去應徵，跟橘頭大有關係。

「妳要不要試試看做廣告?」橘頭打電話來問我，閒閒地提議。「我知道有個廣告公司在徵人，我把資料mail給妳了。」

「啥，廣告公司？」我大驚。「不可能，我又沒學過什麼宣傳或是廣告理論，也不是相關科系出身的呀！」

「不試試怎麼知道，去玩玩看嘛！」她遊說我。「沒魚蝦也好，妳不是老把這句話掛在嘴上嗎？而且我覺得妳還滿適合去廣告公司上班的，不說別的，妳這個人，很會搞自我欺騙這一套，最高明的說服莫過於連自己都相信。」

「呃……」

「要不然，妳還想要在家裡閒多久啊？」她犀利地問我，一刀切中要害。「該不是想要放到發霉爲止吧？」

「可是，我對廣告沒……」我無力地反駁。

「沒考之前怎麼能先氣短呢？去去去，去投履歷再說！」她說，一派老太太的語氣。「年輕就是本錢，就算沒考上也無所謂啊，妳總得試試看，別老是還沒看到結果自己先喊輸。」

橘頭比我好兩百倍，她不必立刻面對現實經濟的壓力，大學畢業後，就考上研究所，快快樂樂地轉戰南部。

在她的慫恿下，我投遞履歷，然後，居然過了第一關審核。接著是筆試，經歷了一場簡直像是智力測驗加腦筋急轉彎的混亂大戰，還有一整輪嚴苛又奇怪的面試後，莫名其妙的，我被錄取了。

得知錄取，我比任何人都驚訝。

「太好啦，妳有工作了。」橘頭很高興。

但我很錯愕。「可是我不想做廣告，如果可以，我想去做像是編輯、文書類走向的工作，我比較適合那種職業。我不知道廣告到底是要幹什麼？勸人消費嗎？」

「我想是的。」

「可不可以婉拒啊？」我下了決心。「我去拒絕對方好了。」

「那妳打算要拿什麼混飯吃呢？妳，新鮮人，剛畢業，又沒有什麼工作經驗，履歷丟了三個月，哪家出版社找妳面試了？好吧，就算有，妳也不願意去。上次妳說那間做地圖的公司，不就找妳去上班嗎？妳也拒絕了。」

「我自己就是路癡，還跑去做地圖？」我抱怨。

「所以說啦，我看妳還是先去廣告公司上班吧，忍個一、兩年，累積點經驗再換工作，對妳比較有利。」

「眞的嗎？可是我對廣告什麼都不懂……」

「別擔心，哪有人一開始就什麼都懂的。」橘頭說，「我就不相信妳公司裡的那些人，都是一進來就知道自己要幹什麼的。反正不恥下問，不會就問、多問多好。妳是通過面試進去的，到底有幾兩重，錄取妳之前，對方一定很清楚了，叫妳去上班，妳就去啊。眞要不喜歡，再辭職另謀出路也行，不過，多賺幾個月薪水，總比在家吃父母的好吧？」

現實說服了我，「我真要被妳害慘了！」我一面大叫，一面下定決心。
就這樣，我找到了自己的第一份工作。
很奇妙的，雖然我從一開始就決定自己不會在這個崗位上做太久，然而時間一年一年過去，到今年夏天，我已經在這家公司待了整整七個年頭。
有時候是這樣的，人算不如天算，我們雖然一直想要規畫人生、規畫未來，可是，當你愈想要往東走的時候，世事就會愈領著你往西跑。
愈跑愈遠，回頭的時候，連出發點在哪裡，都已經找不到了。
也許，這就是人生，片片段段的經歷與遭遇，在莫名其妙與巧合之間拼湊起來。就像是夢一樣的大集合。
當然，一開始不會有什麼好事。菜鳥新人，又對廣告一無所知，成天犯錯，讀資料也是一知半解，向別人請教，老要看人白眼，做錯事情又得挨罵，碰到惡質主管，還得忍氣吞聲被壓榨……總之，日子並不好過。
一剛開始，每次我受了委屈，就和橘頭抱怨。
「連同期的新人都欺負我……」
「妳這麼弱啊？」
「我……」
「弱才會被欺負啊。」

「我什麼時候強過？」

「慢慢就會變強啦。」橘頭一副毫不在意的語氣，「蕙啊，妳不能期望自己一步登天，到哪裡都左右逢源。離開學校，到處都是競爭，妳不跟人家玩小手段、小心機，人家跟妳玩這招，妳不能招架，總得學會自保。」

「……大學的時候，誰教過我們這個啦？」

「學校裡講的是參考用，現實生活中學的，是實際招數。我跟妳說，現在被欺負，忍一忍算了，但是不能一直受欺負、永遠受欺負。說不定，現在是妳最好的時候呢？」

我忍不住大叫，「被欺侮還算好啊？」

「就因爲現在妳什麼都不懂，所以連同期的新人都覺得可以踩在妳頭上。他們不在意妳，才會欺負妳嘛，如果他們忌憚妳，就不會欺負妳了，是陷害妳啊。趁大家都還覺得妳是菜鳥傻蛋的時候，偷偷學習，加強自己的能力，然後，以他們沒有辦法追趕上的速度一飛沖天吧！」

「……妳想得眞美。」

「與其花時間在跟我抱怨，還不如想想妳怎麼把明天的事情做好，怎麼安排，才不會出錯。如果妳始終是無能被欺負的角色，久了，公司還是會開除妳的啊！」

「這是威脅嗎？」我問。

「當然不是，這是事實。」

她說得對。

我一開始覺得對這份工作摸不著頭緒，做起事來總是頭昏眼花、心力交瘁，可是慢慢的，就覺得這個工作有趣。

做廣告，就像編織夢。

我原以爲廣告是在編織一個美夢，浪漫得讓人愛不釋手，就能操縱旁人的情緒知覺，還有錢包。拙劣的廣告就像看見一個蠢人在說謊，破綻百出，而優秀的廣告就像身處一個完美的神境，想要怎麼發展，全都掌控在構思者的手上。

有一段時間，我一直以爲只要想點子，就可以創造出一個完美的廣告，直到過了好一陣子之後才明白，成功的廣告不僅是設計者的靈感發揮，還要非常了解人心。一個好廣告不一定特別美，它也可以很簡單質樸，但無所不用其極的，就是要打動人心。

簡而言之，這是一個騙眼淚、騙感動的工作。

領悟這一點，我很快就蛻變了。

我開始懂得使用語言的轉換、肢體動作的表達來陳述意見，我開始學習預測別人的反應。我是女孩子，感情比較細膩，和男性員工想的通常都不一樣，接到一個案子，我經常思考的是「哪裡找到感動」，然後放大這些感動。同事都說我是催淚煽情派，他們說的沒錯，但很多人都吃我這一套。

因爲是新人，我做事總是特別積極。廣告這一行有不少人光靠一張嘴巴說話，試圖哄騙全世界；但我膽子小，做什麼事都要一再確認，生怕出錯。別人看我覺得好笑，但久而久之，大家都知道，事情交給我做，可以放心。

我想，我天生有吃這行飯的本錢。

有時候會想起當初找工作時的堅持，然後覺得好笑。

「妳該去從政的。」橘頭來看我，是我上班第三年的事，她正準備提出碩士論文。

而我已經適應了廣告人的生活。

「我的靈感太有價值，不想使用在無聊的政治遊戲上。」我倒咖啡給她。

「據說壓力很大呀！」她微笑著環顧我那小小的獨立空間。「很辛苦嗎？」

「累，但我喜歡壓力。」我說，「壓力愈大，我的腦子運轉愈快。這眞的很有趣，我好喜歡這種掌握別人主導一切的感覺，我像上帝一樣無所不能！」

橘頭笑了笑。「我知道，妳晉升得很快。」

「我告訴妳爲什麼。」靠在椅子上，我有點倦怠。「剛進公司時，我坐在外面那區公開的辦公桌，一排一排的桌子，妳看到了嗎？就像是長城一樣。每個人都分割一小塊空間，說是屬於自己的桌子。可是我覺得那一點都不屬於我，我沒有自己的空間。我操作電腦的時候，身邊總是人來人去、探頭探腦。隔壁的同事打電話跟情人說悄悄話，他們說七點在哪裡約好見面，我聽得一清二楚卻要裝作不知情。」

我說：「那時候我就想，我一定要有個眞正屬於自己的空間，我要一張自己的辦公桌，我講電話的時候要保有絕對隱私，我敲打鍵盤的時候，不想每個人都看著我的螢幕！」

「妳現在有自己的空間，」橘頭指著旁邊的隔間。「滿足了嗎？」

「是的，我現在的確擁有自己的圍牆，再也沒有人能偷看我在做什麼、聽我說電話了，可是這還不夠。」我微笑，拍拍椅子扶手。「這張椅子太硬了，我想要換張皮椅，坐得舒服些，還要一組沙發，好款待像妳這樣的客人，我想我還需要一個祕書，替我記錄每天要做的事情，我的記憶力太差，老是忘東忘西的。」

「妳想要的很多。」橘頭笑咪咪地說。

「我想要的我都可以得到。」

橘頭微笑，她的臉上有股神氣，淡淡的。「我來找妳，是想要和妳聊聊以後的事。」

「以後？對了，妳研究所畢業之後想要做什麼？要工作了嗎？」我岔開話題。

「我已經想好了，打算去日本繼續讀書。」

「啊？」

「我學了三年日文，通過檢定，等論文口試通過、拿到畢業證書，明年就要去東京了。」

我大驚，「妳也跑得太遠了吧！還有，什麼時候學會日文的？」

「苦讀三年，沒跟妳說而已。」

我敬佩，「妳是意志力超人。」

「妳也是啊。蕙，妳變了呢，變得不像從前那樣害羞，說話語氣也變了，動作也不一樣，我剛剛一直想告訴妳，妳變成大人了。」她突然喟嘆。「眞快啊，一轉眼就三年了，再三年，不知道人生會變得怎樣呢！」

我想了一下，告訴她實話，「橘頭，其實這三年，我也不是事事順利。有時候，總會遭遇難處，也偶爾會被逼到無路可退的境地。每當那種時候，我就會想，三年或五年以後的紀筱蕙，不知道是怎麼樣的人？這樣想一想，就能忍過許多難關。妳去日本，一個人多多小心。有空回來，記得來看我，我想，如果沒什麼大問題，我應該還會在這裡待上好一陣子。」

「來坐妳的待客沙發？」

「還有，喝我祕書泡的咖啡。」

「我會帶玩具去妳家，認識妳的老公和小孩。」

那是四年前的約定了。

我沒完全實現當年的承諾，雖然我已經擁有自己的主管椅，但是沙發很不好坐，祕書經常比我還糊塗，而且，因爲我是女孩子，在升遷上不是很順遂，有時候會被刻意打壓，太強悍一點，就被稱爲「女強人」或「母老虎」，但勉勉強強、不高不低地撈了一個ＡＣＤ。

我其實並不貪，什麼都有，雖然不高，但很滿意。

曾經想要的一切，現在都在手上。所以這一年，我比以前懶惰一些。我的意思是，把手上的事情做好就好，但對於升遷，少了以前那份野心。

而夏天又來了，離十九歲的那個夏天，已經足足十個年頭過去。

我二十九歲。

我把車停在辦公室地下層的停車場。

雖然說大樓提供的車位少，但是主管級都有自己專屬的停車位。

這是特權。我得承認，會那麼努力爬到今天這個位置，多少是因爲我喜歡特權。

「紀姊我來幫妳！」碰到下屬，立刻有人迎上來，主動幫我抱資料。

我們公司是這樣，很少喊頭銜，大多都喊名字，尤其是英文名字。但我聽了很不習慣，我總覺得，喊我的英文名字，好像不是在叫我，而是在叫一條狗。

起初我不敢講，但等到慢慢地往上爬到一定位置，下面帶了人，稍微暗示一下，大家就都知道了。

才坐下，Amanda已經替我泡了茶。「『銀車』飲料廣告的分鏡放妳桌上了，他們半小時後要去比稿，請妳趕一趕。」

「爲什麼到這個時候才送來？昨天晚上我都在，怎麼沒人讓我看分鏡？我一個半小時後還要和日本人開會，還有一大堆資料沒背熟耶！而且，如果我退件，他們要修多久？誰要修？外發的人趕得及？是不是要反反覆覆送進來？我沒那麼多時間！」

我發現，只要我一進公司，脾氣就會變得特別暴躁，說話的時候，每個句子後面都可以跟著好幾個驚嘆號。

「和時間賽跑嘛！」Amanda笑著。她雖然是我的下屬，但在公司任職的時間比我長很多，有一種老員工才有的從容。

她離開後，我從抽屜裡取出鬧鐘，把時間設定在一個半小時後。「好，現在開始專心了！」

有時候我會很想回去重新當學生。以前讀書的時候，每天都過得很快樂，好像時間用不完，做什麼都可以慢慢來。但等到工作之後，我發現，不是每個人一天都有二十四小時，譬如說，我就覺得我一天只有十二小時，所以每分每秒都要拚命趕。

我沒再回去當學生。開始工作兩年左右，曾有意要放下一切重返校園，那時候我的忍耐已經到達飽和點，工作上到處都是挫折，疲倦沉重地打擊了我的士氣，我開始想逃。

辭呈都寫好了放在抽屜裡，一直想要遞出卻沒有遞出。

後來我才明白，人生就像是一個高低起伏的波紋圖，當你陷入最低潮的時候，只要能再多忍耐一下、再咬牙撐一陣，下一段也許就是上坡了。

許多人都不能熬過那段下滑的時光，而眞正能度過的，就是勝利者。

猶豫不決挽救了我的人生，因爲遲疑，我碰到了好幾個機會，而因爲抓住這一連串機會，才站到了現在的這個位置。

然而，雖然現在一帆風順，但是我總會想，如果人生眞像是一個高低起伏的波紋圖，那麼，谷底低潮的時間不會太長，頂尖的高峰也不會太久……我有點害怕自己只能走到這一個高度，接下來又要向下滑……

不能想像下墜的感覺，尤其是在享受過太多特權後，要我跌下去？想都別想！

鬧鐘響起之前，我已經把分鏡發還，又將整堆資料重新翻過一遍，閉上眼睛試圖在混亂中整理出一個順序。

我喝茶，水已經冷了，吞下喉嚨覺得有些澀。

有的人喜歡用喝咖啡來開始一天的早晨，可是我喝咖啡總覺得不對胃。咖啡味道很香，可是我不喜歡。

Amanda敲了敲我的門。「好了嗎？」她輕聲問。

「嗯。」

「有個急電在線上，打來好多次了，妳要接嗎？」

我睜開眼瞟向鬧鐘，十點二十分。「是哪位？」

「一位駱小姐，她說是妳的大學同學。」

「轉進來轉進來！」我幾乎跳了起來，非常興奮地接起電話，「橘頭，好久不見了，妳現在在哪裡？」

「日本。」她說，聲音還是跟以前那樣不疾不徐。「妳很忙？」

「十分鐘後我要開會，」我說。「怎麼了，妳有事情？沒關係，妳先說吧，我聽著呢。」

橘頭沉默了一會兒才發話。「很重要的會議嗎？那妳先去開會好了，我晚點再給妳電話。」

「別傻了，現在不說，今天妳恐怕都找不到我。」我笑起來。

「這樣啊……嗯，我明天要回台北。」

「咦，怎麼突然要回來？」我問，「事前也不說一聲，該不是和妳未婚夫吵架了吧？喂喂，別意氣用事啊！」

「別亂想，我和他沒事。不是吵架。」

橘頭一年前在日本訂了婚，但她和她未婚夫都忙，什麼時候結婚也說不清楚，盡是拖拖拉拉的，她說她有婚前恐懼症，只要一聽到「結婚」這兩個字，就會出現暫時性失聰。

「那爲什麼要趕回來？」

「妳不知道嗎？」

「知道什麼？」

「我也是昨天晚上才知道的……小嫚過世了。」

有兩秒鐘我覺得自己好像有點頭昏。「誰？妳說誰過世了？」

「小嫚啊，張瑜嫚！」橘頭的聲音裡有點迷惘。「沒人告訴妳？」

誰要跟我說什麼？誰應該跟我說什麼？

等等，是誰過世了？

我的腦袋大概裝了過多的資料，又重又痛。

「昨天晚上卉琴打電話告訴我，她說小嫚家預備在下個星期出殯，我們正在聯絡幾個老同學一起去。卉琴說，他們幾個光是確認每個人的聯絡電話，就都手忙腳亂了，所以現在知道消息的人，各自先通知自己熟悉的朋友。我不知道妳不曉得，妳不是在台北嗎？完全不知道？」橘頭問，「沒有人告訴妳這件事？」

「妳說……小嫚過世了？」我過了很久才能找回自己的聲音。

「是。」

「為什麼？」我直覺地反應。「是謠傳吧？」

「眞的呀，她病了那麼久，也苦夠了。妳都不知道嗎？」

「知道什麼？」我愈來愈混亂，聲音愈來愈大。「我什麼都不知道！她是怎麼走的？」

「病啊，癌症。」橘頭回答。「已經拖了兩年了。」

「……」

「她的小孩才三歲呢，還很小。」橘頭自顧自地說著，「我知道的時候，也幾乎不能置信，咦……蕙啊，妳完全不知情？」

「我什麼都不知道啊！」我開始嚷嚷，聲音之大，惹得門外的Amanda都探頭進來。「她怎麼會死？不可能的！等等……她什麼時候結婚的？什麼時候有小孩了？爲什麼我都不曉得這些事情？」

橘頭在電話那頭像是在思索著什麼，停了一下。「妳明天有空嗎？來接我的機，十一點半到。現在電話裡一時講不清楚吧。」

「嗯。」我頭痛得好厲害，這樣痛，痛極了。「我想個辦法撥時間出來。」

「那我們明天再談，妳去開會，不要想這些了。」她說，「就當沒接過這通電話吧！我等等打給妳的祕書，叫她幫妳記著班機和時間。」

「好。」按著太陽穴的位置，我覺得整個人都在發麻。

「筱蕙？」電話那端，橘頭喊我。

「欸。」

「生死有命，妳別想太多。」橘頭的聲音很輕。「算了，我再告訴妳一件事，妳也許還不知道……」

「又是誰死了嗎？」我緊張得把腦袋塞到手臂裡。

「不是，別這樣……妳還記得阿茂嗎？莊維茂，以前有段時間跟妳很要好的那個資管系學長。」

「當然記得。」低著頭，我苦笑。「妳幹麼提到他？」

「小嫚的先生是阿茂。」橘頭在我殘餘的理智裡扔下核彈。「好了，妳去開會吧！」她掛掉電話的同時，我只覺得整顆大腦像是一個劇烈擴張的黑洞，不停地膨脹、收縮。

「開會的時間到了喔！」Amanda再度敲開我的門，她替我重新泡了一大杯清茶。「可以走了嗎？」

我努力想站起來，卻覺得腳很軟。

我早就知道這些事情會再重來，就像是波紋圖一樣，高低起伏，在不同的時間做出同樣震盪的記錄。

「妳還好吧？」Amanda靠過來問。

我甩甩頭，努力呼吸。

有個力量正拚命擠壓著我的胃，很痛，痛得讓人說不出話來。「胃痛……」

「我幫妳倒牛奶。」Amanda轉身出去。

牛奶有什麼用！我打開抽屜，摸出藥瓶，先吃兩顆胃藥，再吞一顆強效止痛。勉強抬頭，試圖讓自己坐得舒服些，然而一轉眼卻看到了大玻璃窗外的天空。那天空的顏色太藍了，一點雲都沒有，從十六樓往上看的天空乾淨無瑕，藍得就像無邊無際的大海一般。

我看著這片天空，麻木得沒有任何知覺。

小嫚已經不在了……

我已經記不得小嫚的模樣了，時間太久、回憶太淡，人生中許多事情經歷後必然留下痕跡，而我卻偷偷地把這些痕跡給擦掉了。

什麼都要忘記！

人生最大的課題就是學會遺忘，大抵那些想要忘掉的，都不是什麼讓自己心情愉快的人或事，然而怪的是，我們總是把最難受的情緒、最黑暗的心事全藏在生命最深處，說要遺忘，卻怎樣也忘不了！

有些故事夾棒帶槍，舞弄它鋒利的尖刃，人藏得愈深它就割得愈深，一劃一劃的，留下血淋淋的斑駁傷痕。

可我們總是笑嘻嘻地說自己已經不記得了、忘記了，好像從來就沒有發生過。眞的沒有發生過嗎？眞的遺忘了嗎？眞的是因爲長久時光過去，不在乎了嗎？眞的嗎？

誰也不能回答這個問題。有些事情就是這樣，當我們大聲宣稱已經不在意，心裡卻永遠結了個疙瘩；當我們理直氣壯地說自己還在乎時，卻可能已經不重要了。

人，雙面動物，愈是成熟，愈搞不清楚自己到底在想些什麼。

可是想到小嫚，不知道爲什麼，雖然我已經不記得她的模樣、她的聲音、她生氣的樣子或高興的微笑，她的一切一切，對我來說，都模糊得像是夏季傾盆大雨中的迷茫街景，但是想到她的時候，還是不自覺地有些心痛。

不是朋友的朋友，卻有著比朋友更好的舊時情誼。我不能理解，爲什麼在聽到她死去的消息時，會那樣震驚。

人過二十歲之後，死亡的陰影伴隨而來，周遭的朋友漸漸少了，一個接著一個，人事的侵擾、生死的無常，慢慢地把我們孤立起來。

可是，無論如何，小嫚是不該死的！

她那樣的人，怎麼可能會就這樣死了呢？

我知道小嫚的，她性格強硬，想要什麼就要得到什麼，不要的時候甩手就走，她是最任性最強悍的女孩子，不可能這麼早就走了，不會的。

我覺得自己被騙了，可是又說不出是被誰欺騙……或許這世界本來就是一缸胡說八道的謊言，誰泡進去，都得一身混亂地爬出來，而我跳了進去，小嫚跳了進去，橘頭也跳了進去……

也許阿茂也跳進了這大缸裡，只是我還沒發現。

在入境大廳等待橘頭時，我這樣想著，有點玩味的感傷和不確定的迷亂。

「我眞怕妳不能來。」這是橘頭見到我時說的第一句話。

相隔四年不見，橘頭變得更穩重了些，我幾乎不能相信自己的眼睛。最後一次見到她是在我的辦公室裡，那時候的橘頭還有股學生的味道，然而現在這樣的味道全變了，變得更成熟也更犀利了些。

對她的話，我只能笑笑。「我的車在停車場。妳來台北住哪裡？妳姊姊那邊？」我們的招呼彷彿沒有時間隔閡。

「不，住飯店。」她淡淡地回答。「我姊家裡亂得很，別吵她了。我這次來也沒有通知她，只留幾天，小嫚出殯後我就回去。」

「我昨天晚上有跟白卉琴聯絡。」我們邊走邊說。橘頭的行李很簡單，只有一個簡便的旅行箱。

「然後呢？」

「……小嫚生病的時候，每個人都去見過她了，對嗎？除了我以外，每個人都知道這件事。」我盡量穩住聲音不要提高，但有些情緒還是外漏了。

「我可沒有去見她。」

「妳在國外，那不算！」我說，「可是妳有跟她電話聯絡，對吧？」

「……」

「為什麼我什麼都不知道？妳為什麼不跟我說這件事呀？」

「說什麼？」

「說小嫚生病了啊！說她病得很嚴重快死了啊！為什麼你們每個人都知道，就我什麼都不曉得呢？」還沒踏出機場，我已經快忍不住了。「為什麼就我什麼都不知道？白卉琴還反問我，說妳應該早就通知我小嫚病重的消息，她還質問我，怎麼可能一無所知！」

「那很正常。」橘頭慢吞吞地說。

「妳早就知道小嫚病了，對嗎？」

「嗯。」

「是誰告訴妳的？」

「……」

橘頭安靜不回答，我卻受不得那樣的沉默。

「爲什麼不跟我說？爲什麼？我們是同學吧？我們有交情吧？我和小嫚就算再不好，也算是有點交情的。她病了我不知情，她死了我是最後一個才知道的……妳說這是不是笑話？這離不離譜？」

橘頭停下腳步，她側過臉來盯著我看。「妳認爲小嫚願意見妳嗎？」

「……」

「小嫚就算願意見妳，阿茂也不願意。」她微微嘆了口氣。「算了，跟妳說明白點。小嫚生病兩年，不知道的人後來也都知道了，能去探望的，也都去探望過她，可是她要求不要通知妳，她說她不想見妳。」

「……」

「她到最後陷入長時間昏迷時，阿茂曾經打電話跟我說，希望能聯絡妳，可是後來他又說算了，他說小嫚大概不敢再見妳吧。」

「不敢？」我驚疑錯愕，不相信這句話是從橘頭嘴裡說出來。「妳說誰不敢啊？」

橘頭瞥了我一眼，搖搖頭。「妳們兩個啊！」她的語氣有點感嘆，又有些不可置信。我說不上來那是怎樣的語氣，可是聽起來真讓我覺得有些難堪。

我幫橘頭把行李放上車，啓動引擎、開了冷氣。

「妳下午有事情嗎？」橘頭問我。

「請假了。」我說。幾年來第一次請假。在這之前，我是辦公室的常駐程式，比防毒軟體還盡責。忙碌的時候，好幾天不回家，以生命在拚搏，稍微可以輕鬆的時候也是準九點進辦公室，凌晨才離開。在開會中吃飯，在提案中打盹，在焦頭爛額中談戀愛……很典型的勞碌命生活。「哪間飯店？」

橘頭講了飯店的名字。

車裡的氣氛很僵滯。「妳知道嗎，我已經有了自己的祕書和沙發，也換了主管椅。」我說，試圖想要打開話題。和橘頭有四年不見了，雖然偶爾電話聯絡，可是見了面，我們好像不太像是昔日的同學，距離遙遠得讓我覺得陌生。「妳什麼時候來坐坐？」

「嗯。那妳的老公和小孩呢？」橘頭還記得曾經的約定，她淺淺地笑。

我們開始聊起最近的生活和身邊的瑣事。

「妳可以省下買玩具的錢了，我沒老公小孩。」我說，「工作太忙碌。」

「也沒談戀愛？」

「有啊，戀愛經驗多得很，可是該怎麼說，就是沒辦法動心。」我笑笑。「不過我喜歡談戀愛，談情說愛的感覺很不錯，讓我覺得自己除了工作上的價值之外，還有別的存在意義，而且，我需要生活上的調劑。」

「妳說沒辦法動心是……」橘頭問。

「有兩次幾乎談到嫁娶了，可是到最後我又打住。是我打住，不是對方喊停。我總覺得太假了！工作得很累很疲倦的時候，如果有人能夠陪我吃個消夜、看場電影，當然很好，可是我沒辦法想像必須和對方分享自己人生。我這樣講妳懂嗎？」

「懂啊，當然懂，妳說的就是我的婚前恐懼症。」橘頭看著車窗。「妳的意思是，沒有辦法愛一個人愛到爲他犧牲或敞開？」

「……要這樣講也是可以啦！」我有點無奈。「妳還可以說我很自私。」

「這不是自私的問題。」橘頭轉過來看看我，她的眼神裡有不以爲然的神氣。「妳只是還沒找到最適合自己的對象，如此而已。如果眞愛上一個人，就會願意爲他犧牲、分享，把自己的生活打亂。」

「我恐怕找不到。」我苦笑。「而且，就算我願意爲誰打亂自己的生活，人家也不見得會接受。」

「這就是還沒找到適合的對象嘛！」橘頭笑起來。「我也是啊。」

「妳的情況和我不一樣，好嗎？妳都訂婚了，對方三催四請，就妳這傢伙不知道在想什麼不肯接受，有啥好怕的？」

「我對婚姻生活有與生俱來的恐懼。」橘頭說著說著又撇過頭去，看向窗外。「與其說我，不如說說別人吧！」

「說誰？」

「我以為妳會問我關於阿茂的事情。」

「阿茂？」

「嗯。」

「問他做什麼？」

「不驚訝嗎？小嫚嫁給他呢。」

從機場交流道轉上高速公路，北上的路段車輛較少，我專注於眼前的車況，變換到內側車道。「說不驚訝就是騙妳了，我是很吃驚。」

「然後呢？」

「現在好多了，昨天一整天混亂，唉唉。」我笑。「真糟糕，我被全部的人排擠了，他們結婚我也沒收到喜帖啊。」

「沒發喜帖妳當然收不到，我也沒收到，不過，我聽卉琴說小嫚是畢業後兩年結婚的。」橘頭把眼光拋向我。「我這樣說妳會不會無法開車？」

「妳不老是在考驗我的極限嗎？」

「我沒有刺激妳的意思，可是有些事情妳早點知道早點好，我們也不是十幾歲的小女生了，有些過去最好不要看得太在意。」

「妳這樣講，還不如不要講。」

「我說話都是有原因的。」橘頭懶懶地說。

「唯一的原因，就只是爲了要刺激我吧？」

「妳這麼清楚？眞是太好了！」

「我就不相信還有什麼消息會讓我受不了，小嫚都死了啊！」我有點賭氣，不知爲何，在橘頭面前我很難表現出成熟專業的模樣。我想，那是因爲我們太熟悉對方、互相知道太多祕密了，是那麼久的老朋友啊，還有什麼彼此不知道的底細嗎？「這就已經夠刺激的了。」

「喔，那關於蔡明亮的事情呢？」橘頭瞟了我一眼。「妳想現在知道，還是等妳把我送進飯店之後我再說？」

「……」

蔡明亮。這個名字我有多久沒聽到了？

很奇怪，當橘頭說起這個名字時，我居然會有種心悸的感覺，又刺又痛，好像有誰在我所剩不多的知覺上，用力地劃了一刀。

「是怎樣的消息？」極力維持冷靜，可是我知道自己有點慌亂，這慌亂是從哪兒來的？爲什麼我覺得自己的雙手有點發抖？

「等妳把我送到目的地，我再告訴妳。」橘頭漫不經心的語氣，全然是要賣關子。

「不是糟糕的消息，妳別擔心。」

可是我現在就想知道他的事情，那樣的欲望太強烈了！「爲什麼現在不能說？」

「爲了我要活下去！紀小姐，妳好好開車行嗎？」橘頭提醒我。「妳再這樣歪歪斜斜地開下去，我們就要跟四十五度角的那輛砂石車撞成一團了！」

我趕緊把方向盤抓得更穩了些。

蔡明亮！

這個名字對我來說是個禁忌。

不能提不能說不能看，甚至不能想。

我以爲自己已經忘記了的人，現在又跳出來！

「妳還記得他？」橘頭問我。「那個蔡明亮啊！」

「當然。」我說，努力不讓牙齒咬到舌頭。「當然還記得他，只是妳這樣突然講出來，我還眞……接不上。」

「是嗎？可是我看妳的反應很接得上。」

「才沒有！」我忍不住猛拍方向盤大喊。

一喊起來才發現不對，我幹麼要爲了這個人這樣激動？瞥眼看橘頭，她正一臉「別裝了」的笑容。

我心灰意冷，「算了，妳知道就好，反正我也瞞不過妳。」

「眞不可思議，這麼多年了，妳還沒忘記？」

「妳自己來一次也會牢記不忘的。」我說。「怎麼忘？怎麼能忘得掉？我不管走到哪兒、魂到哪兒，都會記得他。曾經死心踏地，想要忘記談何容易。」

橘頭深深地看著我。「妳還喜歡他？」

「我不知道，」我回答得很快。「這我就眞的不知道了。妳說喜歡，是怎樣的喜歡？如果說是愛情，我不確定自己還是不是愛他，都那麼多年了，況且，我們從來沒有在一起。但是這個名字這個人，我不會忘記的。可是，現在我不知道自己是不是還愛他，甚至，我不確定是否曾經愛過他。」

「……」

「愛情的感覺是什麼？這幾年我也談過戀愛，可就像是妳說的，沒碰到自己適合的人。每次談戀愛，我總覺得自己很滿足，可是愛情應該不是滿足的感覺，而應該是需要的感覺。想要一個人、想要把他整個抓住、想要讓他跟我在一起、想要與他分享所有的心情……如果說愛情轉化成具體，我覺得是需要，他必須要讓我覺得我需要這個人。」我慢慢述說，「可是這幾年來，每次談戀愛，那些對象都不是這樣的人。我們聊天、吃飯、消磨時間，可是我不需要他們，就像他們不需要我一樣。我沒有非要這個人不可的欲望，我不想跟他們在一起共度餘生。」

「妳倒分得很清楚。」

「可是蔡明亮……唉，我不知道。在我的腦袋裡，他已經不是一個人，而只是一個名字，一個我很想要非常想要，可是拿到手恐怕也不知道該怎麼處理的『東西』。」我一口氣說下去，「我不知道他對我還有沒有價值，可是妳說起他的名字時，我會覺得很心痛。我想，這也許代表他對我還有意義。有時候我會想，如果可以，眞希望能夠忘記他。」

橘頭看了看我，然後轉過頭去。「他對妳的意義，比小嫚還重要？」

「妳是在問我嗎？」

「嗯。」

我踩油門，車行加速。「不知道，無法衡量。可是當妳說到他的時候，跟說起小嫚一樣，都會讓我難受。」

「爲什麼？」

「……」我思索很久後才能回答。「也許是因爲，他們兩個在我的生命中，是重要的缺憾。我在朋友和愛情上有兩個黑洞，永遠不能彌補，他們分別代表了這兩個空缺。」

「……」

「我曾經想過，如果有一天能再次見到他們，會做怎樣的反應。」我說，「這個世界就這麼點大小，人來來去去，總會有再見面的可能。我覺得自己還有機會再碰到小嫚、再碰到阿茂和蔡明亮，可是現在小嫚已經走了……」我轉頭看看橘頭。「蔡明亮怎麼了？妳現在告訴我吧，妳不說，我好像不能呼吸了。他還好嗎？」

橘頭有些猶豫，她過了很久才回答：「嗯，他很好，只是剛剛離婚。對方妳一定知道，不熟悉也該還記得吧？妳的直系學姊，大四的柳欣宜。」

我無言以對，只能沉默。

我送橘頭到飯店。

她俐落地 check in，把行李送進房間。我借用浴室洗了把臉，重新補妝，出來的時候，看見她把行李箱打開，整理衣服。

這些動作，讓我想起好幾年以前，我們還在學校時的事。

橘頭頭也不抬地提議：「妳下午既然請假，拜託妳帶我去小嫚家吧。」

我驚疑不定地盯著她。「妳今天就要去？」

「我人都到台北了，當然要先去跟他們打個招呼，這是最起碼的禮貌吧？」

「嗯。」

「妳不想去？爲什麼？」

「沒、沒有爲什麼……我去、當然去。」只是不想現在去！

「在緊張什麼啊，不是說已經不吃驚了嗎？」

我眞笑不出來。「不吃驚不代表能立刻面對。我已經有多久沒見到阿茂了？嗯……好多年了吧，從他畢業開始。」

「在他畢業之前，你們也已經形同陌路了，不是嗎？妳是怕他不理會妳、給妳難堪？」我的臉色一定很難看。「妳知道就好。」

「怎麼會這樣想呢，妳這傻瓜。」

「我……我虧欠阿茂，我還虧欠小嫚，換作是妳，妳要怎麼去面對他們？」

「都這麼多年了，還耿耿於懷？」

「我哪有耿耿於懷？我是怕他們……心裡不舒服。」我差點又忍不住要大聲嚷嚷了。

橘頭收拾好衣服，打開冰箱，取了一瓶礦泉水慢慢喝。

「從妳打電話來之後，這兩天，我沒一分鐘好日子過。」我含恨抱怨，「妳說的每一個消息都讓我不敢置信，我好像一直處在連環轟炸的戰場上。」

「那表示妳平常的生活過得太安逸。」

「我也只是想過安逸的生活，如此而已。爲什麼每次我以爲日子就要好過的時候，總會出現一堆阻礙？」

「妳的意思是說，不想知道關於小嫚阿茂或是……的事情了？我就說妳不肯面對現實嘛！」

「我哪有！」我喊。「妳別胡說，我已經面對很多現實了。」

「那爲什麼不敢去探望阿茂呢?」她反駁。「妳害怕吧?妳說害怕阿茂心裡不舒服,其實是自己難受。蕙,今天我們把話攤開來講清楚,如果小嫚不死,妳不會再去面對這些人、這些事情了,對不對?」

「……」

「蔡明亮呢?妳也不想再見他了嗎?」

「我沒什麼好跟他說的。」

「沒什麼好說?還是想說卻不敢說?」橘頭銳利的言詞總是讓人渾身不舒服。

「……」

「紀筱蕙,妳也許膽小怕事,可是不要把自己的害怕推諉到別人身上。我相信蔡明亮不會對妳怎樣,阿茂不會對妳怎樣,小嫚就算活著也不會對妳怎樣,一切都是妳自己心裡有鬼。想多了沒關係,可是如果妳是害怕就說一聲,不要老說別人心裡不舒服,明明是妳自己耿耿於懷始終不忘!」

「小嫚不是說不願意見我嗎?」我聲音拔尖。「她如果不是對我有芥蒂,哪會到要死了也不願意見我?」

「她如果要見妳,妳會去嗎?」橘頭淡淡地問。

「當然,我當然會去!」我說得肯定,可是心裡也拿不定主意。

如果小嫚說要見我,我會去嗎?

道義上來講我應該去的，可是，如果見到她，能說些什麼、該說些什麼呢？

我不知道。

老實說，如果可以選擇，我希望不要再見到她、見到阿茂、見到任何跟那件過去相關的人。

我已經把這些事情都忘記了，就算沒有忘記，也把它鎖在心底最深處的角落，我不去開啓，也不允許任何人觸碰。

我不要想那件事，不要去衡量到底誰是誰非，我討厭有人在我面前再提到過去，這些都已經不存在了，我不想回憶！

「妳眞的會去嗎？」橘頭再次問，她的聲音輕淺得彷彿是一陣風，可是在我的心底卻掀起漫天風雨。

「我討厭妳這樣質問，妳是在懷疑我嗎？」

「我想懷疑妳，可是妳正在否認。」橘頭說。「紀筱蕙，十年了，都快三十歲的人了，十九歲時的恩恩怨怨妳還記得清清楚楚，爲什麼啊？」

「因爲很難忘。」我承認。

「難忘是因爲妳還在意他們，還把他們看得很重要。」橘頭拉開衣櫃，抽出一件黑色的裙子丟過來。「多傻啊，妳就是因爲卡在這裡，所以沒辦法再向前走了。」

我撿起衣服，非常地莫名其妙。「這衣服……要幹麼？」

「妳換上啊！我們兩個的尺碼應該差不多，妳穿得下吧？」她拎著另外一件衣服往浴室走。

「我換這個幹什麼？」我完全摸不著頭腦。

橘頭的聲音從浴室裡飄出來，「妳想穿得花花綠綠去喪家？別傻了。借妳件裙子，換好了帶我去小嫚家。」

「妳爲什麼不叫飯店派車送妳去？」我喊出來。「我還沒準備好，我現在哪裡都不想去！」

橘頭從浴室裡探出頭來，她看起來就是一臉洞悉我脾性的神氣。「我當然知道妳還沒準備好，可是和解這種事情，如果妳準備好了，那還有什麼能說的？就是沒準備好，才會說眞話。」

「我才不想跟任何人和解！」我簡直要尖叫了。

「非去不可，這是妳唯一一次面對自己的機會了。」橘頭說完，把浴室門摔上。

面對自己？

我頹然坐在床沿上，思索著關於自己的一切。

不明白的事情太多了，我怎麼也不能想像，自己在十年前逃過的，現在竟然又要重新面對。雖然我也知道，有些事情是不能逃、不能轉身說放手就放手的，可是，人生如果得事事面對，那也未免太艱辛了。

我不想要負擔太多壓力，我太累！不想再回頭去看自己過去的缺陷，現在的我很好、非常好，沒有什麼不如意的，工作完美、生活平和，我喜歡現在的生活，不想要讓任何回憶去打亂它。

是的，我自私到甚至不想讓回憶來分享我的人生。

有些東西最好過去就忘記，不能忘記也不要時時提起！

然而無論我怎樣想逃、想躲，最後還是站到了這裡。

小嫚的家我從不曾來過，甚至該說，在這偌大的台北，我甚至不知道有一處地方是屬於她的。

在車上，橘頭借了我的手機撥給阿茂，她嗯嗯啊啊地說了些什麼，我想聽清楚又不太敢聽清楚，想知道卻又不願意知道。

「……對了，紀筱蕙也來了。」她講到最後，輕描淡寫地帶上了我的名字。「需要我們買些什麼嗎？現在中午了，你們吃過午飯了嗎？」話題又這樣擺盪過去。

她掛掉電話後，我還是忍不住問了：「阿茂說些什麼？」

「他說他們已經吃過了，今天下午不會出門，現在去很合適。」橘頭回答得簡單。

「嗯……只有這樣？」

她微笑。「只有這樣。妳還想知道些什麼？」

「沒什麼。」我心裡犯嘀咕，嘴上卻不敢表現。

「妳以為人家會拿掃帚把妳打出去啊？別傻了，都多久之前的事情了。」

「……」

我們兩個相對無言，幸好小嫚的家離市區相當近，過了橋，在巷弄中轉繞一陣就找到了地方。

那是個安靜的市郊住宅區，房子都有些年紀了，應該是個老社區，街道窄窄小小的，叉路很多，相當複雜。

「真不可思議，她居然住在這裡？」我一邊找門牌號碼，一邊留意停車位，隨時還要擔心從旁邊飆出來的頑童和單車。

「妳在詫異什麼？」

「只是不敢相信而已，小嫚這個人啊……」我喃喃自語，卻說不出個所以然來。

對於小嫚，我的認識也許太少了，可是像她那樣脾氣的女孩、那樣好強的個性，怎麼可能最後落腳在這樣的小社區？她該是要找個有錢、有地位的對象結婚，努力拓展她的人生才對……我很難把眼前這一棟棟二丁掛牆壁的老公寓與她放在一起。

我們睜大眼睛，按著地址尋找一四二號的門牌。橘頭說小嫚家在一樓，我們很快就發現那扇貼著「忌中」的深紅色鐵門，舊舊的、有點生鏽，門口還停了兩輛機車，歪歪地並排著。

「阿茂在做公務員。」橘頭說話的口吻裡多少有些不可置信。「真沒想到啊！」

「想到什麼?」

「和妳想的一樣，沒想到小嫚會嫁給他。」

我停了車，舊巷子裡沒有規畫車位，誰看到空位誰就停，只要留個過道讓其他車子過去就行了。

「我們沒想到的太多了!」我說。

橘頭先按了門鈴，發出那種非常俗氣而無聊的鈴聲，「噹啷啷啷啷，噹啷啷啷……」很長一串，非常刺耳。

過了一會兒，我聽見塑膠拖鞋啪啪的聲音，開門的是一個小妹妹，她大概三、四歲，手扶著門邊，眼睛圓溜溜地瞧著我們。

吃驚和發愣是多餘的，我還來不及反應，小女生已經轉身往裡頭跑了。「爸……客人來了!」拖拉著好長的尾音。

我和橘頭相對互瞄了一眼，說不出心裡是什麼感覺。

橘頭推開門先走進去，我尾隨著……這時候說什麼緊張害怕都是笑話了。

門裡是加蓋的頂棚，光線透不進來，有些陰暗，看來以前這裡應該有一個小小的庭院還是什麼的，只是現在地上鋪著赭紅色的地磚。這種形式的地磚，我幼年的時候曾經看過。

我環顧四周時，裡頭有人推開紗門走出來。

「學長！」橘頭先說話，她的語氣誠摯溫和。「抱歉我來晚了。」

我曾經想過千百次，如果我和阿茂再碰面的話，會是個怎樣的景況、怎樣的情形，我們會說什麼、會想些什麼，我該怎樣面對他、怎樣說話。

而現在這些想像都落空了。

抬頭看見阿茂，我覺得人生實在莫名地虛幻。

「還好吧？」我問，語氣自然得連我自己都吃驚。

從沒想過會用這樣的話語，作爲再相見的開頭，我想阿茂也沒有想過。

「妳們進來坐，我拿拖鞋給妳們換。」他淡淡地說，越過我們，隨手關上了大門。

阿茂和以前不一樣了……

看到他的第一眼，無論我想怎樣美化、掩飾，可是，「老」這個感覺，還是透過了我的眼睛，傳達到知覺最深的地方。

而後湧起的是如潮水般氾濫的感慨。

衰老是一種感覺，不必長白髮、不用皺紋滿頰、不必杵著枴杖跛行，所有外在的形象都不如直接的感受。

我曾經看過阿茂在球場打球，他們籃球社的人總在每週二、四下午霸佔整座球場，連續四個小時，捉對廝殺。那時候的阿茂是搶籃板的高手，他個子不高，可是偏偏搶起球來凶悍得很，和現實生活中的他完全不一樣。每次只要我坐在球場邊觀戰，他就顯得很開心很高興，而且爲了要表現，老是做些高難度的動作。

「看到沒看到沒？剛剛啊，我這樣一拐、這樣一繞……」他總在賽後，一身臭汗淋漓，還不忘記要指點我。「就把球弄到手了！精采畫面精采畫面，妳有沒有看到？」

「有、有。」而我也總是報以不耐煩的回答。「看到了看到了！你能不能先把衣服穿起來啊？」

「穿什麼衣服？這麼熱……」他唰啦啦地拿起我的筆記本充當扇子，將脫下來的汗衫當抹布似地擦汗。「借搧一下！借搧一下！熱得受不了。」

我皺眉看著他那不拘小節的模樣，有點生氣。

可是他給我的印象一直維持在那個年紀，二十歲，最年輕陽光的時候，一身被太陽曬得發黑發亮的膚色，汗水爬滿胸口背脊，一點一點地閃著光。社團裡的同學都喊他「山地人」，阿茂喜歡這個綽號，他總是說自己是個健康強壯的山地人，爲此非常驕傲。

「我是最會搶籃板的山地人！」他笑著說，兩排白閃閃的牙齒露出來。我們常嘲笑他可以去拍黑人牙膏的廣告。

打完球後的那天晚餐，他可以一連吃掉三個排骨便當，還不停喊餓，說要吃消夜！

我沒見過他生病，疾病和煩惱好像從不跟阿茂走在一邊。

那樣的男孩子，該怎麼說呢？從他身上，眞正能看出青春到底是怎麼回事，他笑起來容顏泛光，說話之間，誇耀的是生命最美好的精華。

而今天我看到的這個男人，已經不是當年的阿茂了。

「你怎麼這麼瘦？」脫鞋換鞋的空檔，我忍不住問，「怎麼會這麼瘦……怎麼搞的？」

阿茂蹲在鞋架前，他正翻找著成雙的拖鞋，聽我問這話，突然停下了動作。

過了好久才見他有反應。「唉，怎麼不會瘦，都快累出病來了。」他說著，把拖鞋放下。「這兩年的日子眞不是人過的！」

一瞬間我突然覺得很心酸，這幾秒鐘的時間，才眞正讓我感受到了十年歲月的侵襲。

這就是滄桑。

「還打籃球嗎？」我幼稚地問。

他抬頭看我，嘴角微微撩起笑容，很短很短的笑容，笑得比哭更讓人難受。「沒力氣，早不打了。妳還記得啊？」

橘頭看看我，又看看他。「學長，我們進門去談好嗎？我給小嫚上個香。」

阿茂站起身來，我發現他站起來的時候，居然要用手扶著旁邊的牆。

「我本來以爲妳趕不上出殯，想叫妳別來了。」阿茂對橘頭說，「眞不好意思，讓妳大老遠跑一趟，也只是送送她而已。」

「就是因爲要送，所以一定要來。我們是同學啊，對吧，筱蕙？」

「嗯。」

阿茂看了看我，我們眼睛正對上。「應該早一點通知妳來……對不起。」

他對我說話的口吻還是那樣溫和，聽他的語氣，我覺得好像有些事情並沒有改變。生命隨著時間的變化而變化，有些不同了，而某些部分還殘留著原來的模樣。

但我寧可一切全然變過，一點痕跡也不要留下來，至少不會令人撫今追昔，感覺惆悵。

「是你女兒？」我試圖換話題，「好可愛，幾歲了？」

「三歲。」阿茂推開紗門往裡走，「可愛是可愛，皮也是皮得要死，我這個當爸爸的眞拿她沒辦法！」他的語氣裡有著身爲父親的疼惜。「她有點怕生、膽子小，一會兒適應了，妳們就好說話了。」

屋裡開著燈，但還是陰暗。我必須要適應一陣，才能看清楚室內佈置和陳設。

客廳擺放著兩、三人座的皮沙發和櫥櫃，空氣裡有著一股冷掉的油膩味道，茶几上擺了幾個碟子和碗，塑膠袋一個一個地散落。阿茂忙著收拾凌亂的碗碟，從茶几送到不遠處的餐桌上。

「不好意思，我最近太忙，沒時間整理家裡。」他邊收拾邊說。

我和橘頭互相看了一眼，短暫的。橘頭在想什麼我明白，我想我在想的，橘頭一定也知道。

「沒關係，我們不在意的。」橘頭開口勸解。「都是老同學了，自己人，學長你不要在意這個。」

「坐，嗯……」阿茂態度從容，並不顯得慌亂緊張，好像這家的模樣並沒有什麼不可見人的。「我幫妳們倒水。」

「不用不用！」橘頭和我連聲阻止。

阿茂並沒有把我們的話聽進去。「先坐著，妳們坐一下。」他轉身走進廚房。

橘頭再次看了看我。

我們各自選了沙發的一角坐下。說不出是來自於怎樣的動機，可是我選擇坐在最靠門的位置。

在潛意識裡，也許我排斥這個「家」。

這是個奇怪的地方。

我不能想像阿茂跟小嫚在這裡住了好多年，有五、六年吧？他們還生了一個小孩，小小的女孩。

小嫚是怎麼甘願住在這裡的呢？這又是一個怎樣的家庭呢？

他們兩個，一個曾經是喜歡我的男孩，一個曾經是我最好的朋友。

我現在坐的這個位置，小嫚也曾經坐過；從我眼中所看到的陳設，小嫚也曾經這樣看到過……這張沙發也許還是她挑選購買的呢，這個家，也是她的啊！她可曾想過，有一天我會來到她的家，坐在她的沙發上，等著喝阿茂倒的開水？

很久很久以前的許多個晚上，當我們還是年輕、少不更事的學生時，小嫚和我，常常在夜裡繞著學校的操場散步。我們談著夢想、嚮往未來。

我們說了好多關於未來的事，那些飄渺而不切實際的想像，曾經是生命中最重要也最瑰麗的部分。

我說我想要當大學老師，希望能有個安定的家庭，穩穩養兩個小孩，拿穩定薪水，教教書、寫寫東西。

小嫚說她想做個女強人，遨遊世界，抱著獨身主義過日子。

然而，我們都沒有成爲自己想像中的那個人。所有的夢幻未來，而今都落空了。

我沒有成爲大學教授，也沒有安定的家庭。我住在台北的大樓，租了一間套房，每天開著車，獨自一個人在這個城市裡生活，一日又一日，我不想過獨身生活，卻沒有辦法選擇不去走這條路。

而小嫚呢？她嫁給了公務員阿茂，生了小孩。

這孩子還很小呢，可她就走了。

這是個怎樣的世界？人生又是誰來安排的？是誰造就了今天的我們？是誰改變了過去這十年？

我不明白也不想明白。我只知道，我們都失去太多東西了。

這是沉痛的失去，無論怎樣的哀愁或感傷，都無法填補遺憾的空缺。

我覺得很不舒服，事實上，從一踏進這間房子，我就不舒服。我總覺得，現在看到的，都是駁斥當年想像的「現實」。

「喝水！」開門的小女孩從廚房裡搖搖晃地走過來，手上捧著兩只沾滿水珠的空玻璃杯。她把杯子拿到我和橘頭面前，用力地「鏘鏘」兩聲放在桌上。「喝水！」

「要說『請』。」阿茂從後頭跟著走出來，抓著水壺。「請阿姨們喝水。」

「請阿姨喝水。」小女孩羞澀地說話，臉都紅了。「請喝水。」

阿茂過來替我們把水杯斟滿。

「妹妹叫什麼名字？」橘頭對著小女孩笑，她放緩聲音溫柔地問。

「秀秀。」小妹妹看著橘頭，也笑了。她不像阿茂說的怕生，眼睛眨啊眨的，很可愛。

她有一雙漂亮的眼睛，透露出的是極稚氣溫柔的神氣，炯炯地望向我，像牛一樣的眼睛，好溫柔的眼睛！

這神氣我彷彿在哪裡見過？說不上來呀！

「叫莊文秀。」阿茂說。

「好可愛的名字，文秀，妳好啊！」

我一直默不作聲，貪婪地喝水，喉嚨乾乾的，好像一整塊沙漠，什麼話也說不出來。

「要去上香嗎？我把靈堂設在書房裡。」阿茂搔搔頭，那是一個熟悉的動作。「是個很簡單的靈堂，沒什麼佈置。小嫚走之前我們就說好了，不拘泥形式，只是個樣子。」

「爲什麼把靈堂放在書房？」橘頭輕輕地問。「平常人家不都設在客廳嗎？」

「在客廳裡，人來人去，我看了難過。」阿茂站起來，帶著我們往書房走。

我和橘頭面面相覷幾秒鐘，沒說什麼話，她接著站起來，我也只好跟著她的行動照做。

突然間我感覺有個力道，輕輕拉住我的裙角。

低下頭來看，小妹妹莊文秀正牽住裙邊，仰視我的臉。

「阿、阿姨！」她喊。

我緊張起來。在我的世界裡，和小孩子接觸的機會並不多，只有拍廣告的時候，偶爾碰得上。我不擅長和小孩子溝通。「嗯？」

「我、我……我要媽媽！」她說，非常清脆稚嫩的嗓音，小孩子的語氣，講得就像是要我帶個禮物給她那般的撒嬌味道。

我說不上來自己是怎樣的感受，莫名其妙的一股衝動讓我牽起她的手。「我們走？」

「走！」她高興得咯咯笑。

抬起頭來，我對上了阿茂回過的眼眸，那樣的眼神，有著說不出來的憂傷。

我看看他的眼睛，再看看文秀的，像模子互相刻印一般地相似。

在這個小女孩身上，有小嫚的血、阿茂的眼神……我握著她的手，軟軟的、小小的，就這樣相握，我幾乎流下淚來。

「小嫚沒看到妳，她覺得很遺憾。」阿茂輕柔的聲音越過橘頭，傳到我這裡。

「我也覺得遺憾。」

「她很想見妳。我們偶爾會從電視或雜誌上看到妳的照片和採訪，每次看到妳的時候，她就說想要見妳、想要和妳說話。那個時候她已經病得很嚴重了，大部分時候，因爲藥物的關係，顯得恍恍惚惚。我們知道她時日無多，所以都希望盡量完成她的願望。可是每當我決定要聯絡妳，她又喊著說不要了，還是算了，別見面比較好。」

阿茂看著我說：「她說她沒辦法想像，如果再見到妳，該說些什麼。她說，妳變得不一樣了，也許已經忘記了以前的事情……如果忘記了，就不應該再提起。」

我沒回答，非常沉默地聽著阿茂的敘述。我的眼神往下飄，死死地盯著地板上的某一處，就像是要在這兒鑽個大洞一樣地專心一意。

我知道自己必須找個東西來分心，視覺也好聽覺也好……感覺也好。

「我很抱歉。」阿茂說，他的聲音低得近乎難以辨認。

我覺得眼睛裡有什麼東西熱熱的一直向外湧出。「爲什麼你們都跟我道歉？」

阿茂沒有回答。

橘頭靠過來，她拍了拍我的肩膀。

我終於哭了出來！

※

夢裡我在游泳。

好涼好涼、好清澈的水，在這樣炎熱的夏季，泡在涼爽而碧藍色、如同天空般美好的海水裡，我覺得好舒服。

手在水波中滑動，一前一後，整個人像是躺在一塊溫柔而滑膩的布丁上頭，我閉著眼睛想像著，好放心、好安穩、好愜意……現實生活中怎麼可能有這樣的美好存在呢？

「好舒服啊！」我翻個身漂浮在海面上，仰著頭看向天空。

這是個沒有盡頭的海啊！我知道，可是卻不覺得害怕。

好像，有沒有盡頭都無所謂，從哪裡來，要到哪裡去，也都無所謂！

躺在這樣的海中央，我很平靜。水波輕輕柔柔地載著我漂啊漂，上上下下、起起伏伏。眼睛所見的都是湛藍得近乎奢侈的顏色，陽光微微地投影在我身上，不刺眼也不火烈，帶著一點說不上來是什麼感覺的感覺。我希望這樣的美好不要結束，永遠維持在這一刻。

我想起明天的工作，想起既定的行程和開會報告。眞的很奇怪，曾經那麼想要得到這個位置，花費了好大的力氣去拚命，流血流汗流眼淚，想要站在眾人之前侃侃而談、想要表現出專業智慧的氣質、想要讓每個人都對我刮目相看、想要得到地位和權力、想要出人頭地。但現在我想要的都到手了，又爲什麼會覺得疲憊無力？

我很努力，可是這些努力換算出來的成就，非常微薄。

得到許多的時候，相對的，也失去更多。

我失去了以前的快樂、青春、對美好的嚮往……我變了！有時候我會覺得自己已經不再是自己，那個會笑會跳、爲了一點點小事傷心難過的女孩，現在到哪裡去了呢？

「爲什麼會這樣呢？」我問我自己。

「因爲長大啊！」有個聲音回答我，輕飄飄的。「妳不是一心希望長大嗎？」

「可是這樣的長大不好，我不喜歡，」我回答。「我覺得好累，快爬不起來了。」

「覺得累就不掙扎的話，會沉下去喔！」那個聲音說。

「沉下去也無所謂，我討厭這樣的人生。」我說。「沉下去就算了，反正總有一天都會往下沉，現在早點放棄也就算了。」

「唔……原來妳已經自我放棄啦！」

「我只是覺得厭倦。」

「厭倦什麼？」

「什麼都會失去、都會變化啊，我現在擁有的，總有一天會消失不見，總有一天會變成別人的。像小嫚，她走得好快，一點都不留。我好怕有一天我會變成那樣。」

「是嗎？妳害怕失去？害怕改變？」

「嗯。」

「可是這世界上本來就沒有什麼事物是可以永恆的啊！妳總會碰到該要放手的時候。」

「像小嫚那樣嗎？」我問。「如果有一天我們都會走到盡頭，那這個世界還有什麼是值得眞正去珍惜的？小嫚把她的家庭、她的小孩丟下來走了，但對她來說，世上最重要的應該就是這些吧？可是無論她怎麼拚命，也沒辦法跟命中注定爭取！」

「妳眞悲觀。」

「我一直覺得自己好累，現在擁有的都不是我眞正想要的。」

「眞的嗎？」

「我好像走錯路了，一直都在走錯路。我之前努力的，根本不是我眞正需要的吧？可是爲了什麼我會一直走下去，就算知道犯錯了也不回頭呢？」

「哪裡錯了？妳眞正需要的是什麼？」

「問得好！可是我不知道。」我說。「我一直以爲現在這樣的生活，就是我要的，可是現在才發現不是。我要的不是這些，但我要的是什麼，就連我自己也不清楚，但這些物質上的意義，對我來說一點價值都沒有！」

「妳不滿足啊！」

「不是不滿足，我只是覺得迷惘。」

「只是藉口罷了。」聲音說。

「哪裡是藉口？」我大喊，因爲激動所以向下沉了沉，喝進好幾口海水，有點嗆。

「我難道不能覺得疲倦嗎？」

「每個人的生活都不見得盡如人意。妳覺得疲倦，那很正常，可是不該否定這十年的付出。大家都很努力地活著，爲了要活下去、爲了要活得有價値，所以不斷賦予自己生存的勇氣。妳難道要把這十年來的努力都拋開、都說成是沒有意義的事嗎？」

「……」

「只是覺得，人生很多事情不能掌握在手上，覺得失落，對嗎？」

「……嗯，這樣說也對。」

「可是，失落本就是必然的事。活著本來就是爲了要失去，因爲會失去，所以要努力爭取更多。愈是失落妳就愈能珍惜手上抓著的、自己所擁有的，這樣，人才活得有價値。」

「……」

「妳覺得小嫚白活了嗎？十年的光陰，換來的是那樣一個家。妳爲她感到不値嗎？可是，在妳爲她哭泣、爲她嘆息的時候，誰又知道她眞正想要的是什麼呢？對小嫚來說，她也許最珍惜的就是那樣的一個家，她最愛的就是那樣的一個家庭！」

「可是……那並不是我所要的。」

「我們所要的都不同，每一個人要的都不一樣。不同的環境、不同的年代，妳所想要的也絕對不相同。小嫚的家很安定，也許抱著小孩、跟阿茂坐在電視前面聊一個晚上，對小嫚而言就是莫大的快樂了。妳覺得累了，並不是因爲妳沒有得到什麼、失去什麼，而是妳不知道抓在手上的事物價値何在。小嫚也許並不難過她必須走，她知道自己曾經擁有過怎樣的幸福，如果那正是她要的，她也得到了。而妳呢？妳呢？」

「我？」

「妳知道自己的幸福在哪裡嗎？」

「……」

「如果妳明天就得離開這個世界，那麼，對妳來說，什麼是最重要的呢？妳有什麼放心不下、還沒說還沒做的呢？」

「嗯……」

「變化並不是最讓人害怕的，人生因爲有變化，才過得有滋有味。」聲音慢慢地低弱了下去。「眞正讓人害怕、讓人感覺到倦怠的，是我們永遠不能掌握自己會在何時退場離開。還有很多事情不放心、還有許多事情沒做完，妳如果抱著這樣的負擔，就永遠快樂不起來，只會想逃走、只會想躲避，那都是因爲妳沒辦法對這一生有交代。」

「……」

「看這樣的碧海藍天，很美吧？」

「很美。」

「人也是這樣，人生就像是這個碧海藍天一般，又美又漂亮。」

「是嗎？」我輕輕笑，不太同意。

「不贊成嗎？那妳覺得人生該是什麼模樣？」

「我不知道，不那麼美好吧！」我說。

「那是因爲妳沒睜開眼睛去看，如此而已。」那聲音說。「妳如果眞的睜開眼睛去看，如果妳有留心去注意，就會發現其實在捕破網般亂糟糟的生活底下，其實是這樣一片藍藍藍……藍到令人目瞪口呆的美景。」

「……」

「可不能在這裡就放棄了喔，小嫚她可是一直撐到最後呢，對她來說，她的生命裡一定有這樣的藍天白雲，她看到了，而妳還在逃避必須自己去解開的結。這是妳現在的任務。」

「我並沒有……什麼結！我很順心又過得還不錯，也不想逃避什麼。」我終於說出口。「我過得很好。」

「所有的夢都是在反應妳現在的念頭啊！可別放棄自己，活著很好，至少妳還有時間去完成自己的夢想、去見想見的人、說能說出口的話。」

「……」

「生命是一段美好的旅程，妳是旅行者，走得愈遠就看得愈多，妳會愈來愈明白去蕪存菁的道理。留下來的都應該是最好的，不要帶著悔恨遺憾旅行。」聲音說到這裡，像是回音般在我腦袋中旋繞。「該起床了，有電話來了！」

「電話？」我覺得莫名其妙。

而夢到這裡就結束了。

我睜開眼睛時，天已經有點亮了。

躺在床上，我看見大玻璃窗外，陰沉天色後面閃爍著隱約的日光。

「天亮了！」我喃喃自語。「又是一天的開始。」

電話響的時候，我正在廚房裡煮兩顆半熟蛋。

我喜歡吃半熟的雞蛋，每次看到外帶的湯麵裡多了一顆半熟蛋，就會覺得非常滿足。我最喜歡用筷子撥開薄薄的蛋白時，蛋黃流出來的可口樣子，那滿足了我的視覺和味覺。可是大部分時候我們都吃餐盒便當，所以，這樣簡單的一顆半熟蛋就變成我無聊生活中偶爾的奢望。

我把瓦斯關掉，跑去接電話。

「早安，」橘頭很有精神地招呼，「妳準備好了嗎？」

「準備好什麼？」

「要出發了。」

「嗯？」

「別告訴我妳忘光光了，昨天晚上我們才說好的，今天要去小嫚的告別式啊！妳說過要來接我的。」她用不可思議的語氣說話。「妳現在在幹麼？」

「我？嗯，煮蛋吃。」我看了看廚房那邊，啊！忘記把蛋撈出來，耽誤一下，就成了白煮蛋了。

「吃雞蛋？算了，快來接我，早上在我這邊吃吧，飯店的早餐不錯。」

「可是很貴。」我悶悶地說。「算了，妳等我二十分鐘。」

掛上電話以後我跑回廚房，趕緊把雞蛋撈起來。可是已經來不及了，過熱的水，把雞蛋給悶熟了。「唉！」我把雞蛋擱在盤子上，轉身進房間換衣服。

那天從小嫚家回來之後，我的情緒一直處在低潮，然而不管怎樣意志消沉，工作還是得做。

接續著兩天的混亂後，小嫚的告別式開始了。

爲了這個告別式，我又請了一天假。在短時間內連續請了兩次假，公司裡多少有些揣測。

「妳要去哪裡啊？」Amanda問。她眼神熱切得過頭，我看了有些不舒服。

「去參加一個朋友的喪禮。」我把這句話吞下肚去，代替的是，「相親。」

「喔，眞的嗎？」Amanda眼睛發亮，我想她完全相信我所說的理由。

可是請假歸請假，我並不想出席小嫚的告別式。

那太怪異了，簡直莫名其妙。我怎麼能夠去參加自己大學同學的告別式？我們還活得好好的，她卻硬邦邦直挺挺地躺在那裡……怎麼想，都不對勁。

以前，大家都還是學生的時候，曾經討論過什麼時候要嫁人、要成家。

我們互相允諾，結婚的時候一定要發帖子邀請同學們參加，讓大家一起分享喜悅，我們總是討論誰會先結婚、誰會先成家、誰會和誰有結果。

可是我們從沒討論過，哪個人會先走！

我開車去接橘頭，在車上，一再回憶著關於小嫚和我，還有阿茂的過去。

那天在小嫚家，阿茂淡淡地說著關於小嫚臨走的瑣碎，他就像是一個已經重複太多次同樣笑話的演說者，一點感覺也沒有。

「我麻痺了，」他坦白地說，「有點累。」

「學長請你保重，還有文秀呢！」橘頭得體地應答。「你還要照顧孩子啊！」

阿茂勉勉強強地點頭。「嗯。」

我沒有問他爲什麼會跟小嫚在一起，有些話、有些問題，根本不必說，全是命運安排，我只是好奇。

「好奇怪，我並不覺得小嫚已經離開。」他說，「我們就像是河堤上的風箏一樣，就算她走得很遠了，還是有一脈牽連。當我現在坐在這裡想起小嫚的時候，腦袋裡都是她笑得很高興很燦爛的樣子。她病痛她難受的表情，我一點都記不起來了。」他說著說著就低下頭去，腦袋趴在膝蓋上。

「我曾經想過要一輩子跟她過的，我們討論過很多事情，搬家、送小孩上幼稚園、以後該去哪裡玩、該添購一部車全家去旅遊。我們討論過那麼多事情，可是她走了……孤獨原來就是這個樣子啊！」

我們離開的時候，已經入夜。

阿茂送我們上車，小妹妹睡著了，被抱在爸爸懷裡。阿茂搖啊搖的，他的手臂結實，以前打籃球的強壯，現在用在女兒的身上就顯得溫柔了。

「筱蕙！」發動車子時，他敲了敲窗戶喊我。

「嗯？」我搖下車窗。

「妳會來參加告別式吧？」他問，「跟小嫚道別。」

「……會。」我允諾。「一定去。」

「能請妳幫忙一件事嗎？」他平靜地問。

「什麼？」

「請妳忘記以前妳們爭吵的往事，過去就過去了，以後當妳記起小嫚的時候，請妳想起的是她笑起來的樣子、溫柔的樣子……請妳只記得她美好的地方，好嗎？」

「……」

「因爲她也只帶著對妳最好的記憶離去。」阿茂慢慢地說，「請妳不要忘記她曾經是個多麼好的朋友、多麼善良的同學。在這個世界上，我們總不免會做出讓別人傷心的事。讓別人傷心的時候，也同樣讓自己難受。不管小嫚有過多少缺點，她也一定擁有美好的優點，請妳忘記她的缺點，只記得她的優點，好嗎？」

我發動車子，阿茂目送我們離去。我從後照鏡上看見他佇立在原地，一點一點地變小、變小，終於在轉彎的時候完全失去了蹤跡。

我隱隱覺得鼻頭酸澀，像是又要哭了。

我有一種這十年都白過了的失落，莫名其妙、難以解釋，好像這段時間來我所有的付出和收穫都是零，我一直站在原地，從沒離開過那個十九歲年紀，一直都在這裡。

而大家卻已經離開我好遠好遠。

以前我會覺得，是我離開他們、是我超越他們，我以爲我多麼能幹聰明，我所在乎的、驕傲的，也都該是其他人所羨慕的……而事實並不。

我看著眼前的橘頭，她正專心享用早餐。「妳最在乎什麼？」我問，非常突然的。

「現在妳最在乎什麼？」

「在乎？」

「妳有沒有自己很在乎的事情？」

「有啊，嗯，我的家人……」她的眼神一瞬間迷濛起來，像是在思索著。「我最喜歡的人、最想要完成的事情……我很在乎我自己。」

「那些值得妳付出很多時間，去爭取、去要？」我繼續問。

「我在乎的事情，花多少力氣都是值得的。」她說，喝了半杯柳丁汁。「問這個做什麼？」

「沒事。」我悶悶地低頭，用刀叉玩著盤子裡的那片火腿。「我覺得生活無力，非常疲倦。」

「這話已經不是妳第一次說了，爲什麼呢？」橘頭反問我。「爲什麼會感覺生活無力疲倦？」

「付出的都跟放屁一樣，我快要發瘋了。」我想了想，把昨天晚上的夢境大概告訴了橘頭。「不知道爲什麼，現在我很羨慕小嫚，她已經不需要再掙扎了，她現在就在那片美好的藍天碧海中徜徉，多好啊！」

「嗯。」

「我有時候會想，如果我的人生就在這裡結束的話，不知道會怎樣？」

「不會怎樣！」

「啊？」

「我說啊，不會怎樣，天還是照樣亮、人還是要吃飯、地球還是繼續轉，妳結束跟不結束，對這個世界都沒有什麼大改變。」橘頭懶懶地說。「還記得嗎？以前有個笑話說，一個勤奮努力的日本上班族每天工作超過十二個小時，努力了二十年，從沒有一天請假，好不容易到中年時，坐穩了公司的中階主管位置。可有一天他發生車禍，無論如何要住院一週，等他痊癒出院之後，就自殺了。知道爲什麼？」

「不知道。」我搖頭。「忘記了，沒聽過這個故事。」

「他一直以爲自己對公司很重要，如果少了他，會議無法進行、工作無法完成，然而等他出院了才發現，其實沒有他，公司的制度依舊在運轉，他的存在只是這個制度下的一個小螺絲釘，缺了他，還有其他的螺絲釘可以接替。」橘頭又喝了半杯柳丁汁，她看著我笑。「明白我的意思了嗎？」

「妳的意思是說，我可有可無，存在也好不存在也好，其實都不重要？」

「不，妳弄錯了。我的意思是，沒有一個人能站在舉足輕重的地位。」她淡淡地解釋，「我們的存在有著相同的意義，每個人都是同樣的一個生命，都是活著的。妳對這個世界而言的確並不重要，眞正重要的是這個世界對妳的意義。」

「我不懂。」

「我們一直都想在這個世界上站穩腳步，爲了確立自己的地位，所以會制定標準和價值來衡量生存的意義，可是生命是最單一的，不能用任何標準來衡量，於是妳開始用情緒來評斷得失。」

「……」

「我們常常搞錯一件事情，人並不能決定自己對世界的價值，人能決定的，是這個世界對我們的價值。」橘頭喝乾果汁，「妳說妳厭倦了工作、感覺疲倦，並不是妳對生活沒意義，而是社會或工作對妳的感覺而言，已經沒有意義了。這不是太累，是妳正在找一條新的路，如此而已。」她說。

「新的路？」

「小嫚走了，對妳影響很大，妳開始會去思考自己這十年來到底在做什麼、想什麼。」

「是啊，我覺得這十年跟放屁一樣。」

「那就表示妳要開始走一條新的路、找一個新的意義走下去。每個人都是這樣，走一條路到了盡頭，累了倦了、發現走錯了，就得坐下來好好想想，接下來要怎麼辦？妳現在正處在思考的空檔。」

「……」

「往好處看，等妳想通了，就會走得更平穩、更自然、更順心如意了。」

「……」

「我們有時候眞的需要往後看，看看自己到底在幹什麼。年輕的時候不懂，總覺得回頭反省的人是笨蛋，只會浪費時間和心血，與其把力氣花在反省上頭，還不如往前衝！可是現在我覺得，幸好能停下腳步來，喘一口氣、看一看，對人生做個交代。」

橘頭說完又站起身去添柳橙汁。

我突然想起在夢境裡，那個說話的聲音，它說過的一段話，跟橘頭剛剛說的非常相似，我印象深刻。它說：「生命是一段美好的旅程，妳是旅行者，走得愈遠就看得愈多，妳會愈來愈明白去蕪存菁的道理。留下來的都應該是最好的，不要帶著悔恨遺憾旅行。」

那麼，什麼對我來說是最好的？

什麼又是悔恨呢？

在告別式上，我仍然不斷問自己同樣的問題。

我們到得早了，靈堂裡空盪盪的沒幾個人。中央放置著小嫚的彩色照片，我仔細端詳照片裡的那個人，感覺有點不像她。

照片裡的小嫚笑得容光煥發，她比大學時還胖了些，臉頰豐腴，有著凹凹的酒渦，眼神溫柔，沒有一分銳利之氣。

「這個人眞的是小嫚嗎？」我滿腹懷疑，卻又不敢問也不能問。

走出禮堂，看見阿茂帶著小孩站在旁邊，像在等待什麼似的。

白日裡看到阿茂的感覺又和那天不同，不知道該怎麼說，我覺得阿茂好像很平靜，他臉上雖然沒有笑容，卻也不悲傷，好像這一切在他眼中看起來只是演戲。

他看到我們就說：「儀式九點開始，還有半個小時。」

「在等什麼？」我問，隨手牽住小妹妹，她穿得很簡單樸素，看來還沒睡飽，一雙眼睛半閉半張，誰牽著她就靠著誰打瞌睡。「讓秀秀坐著等吧，看，她都快要睡著了。」

「小嫚的媽媽快到了。」阿茂看看我和橘頭，很溫和地問：「想去看小嫚嗎？她正在化妝吧。」他說話的語氣就彷彿小嫚在臥室裡梳妝，而我們久候了，他要進房裡去問問。

「……」

「我是說，如果妳們不介意的話。」阿茂轉圜似地說，「如果妳們覺得忌諱，或者是……沒關係，我只是說說而已。」

橘頭看了看我。「我要去看，妳呢？」

我很吃驚。「呃……」我不想看，可是這該怎麼說？我很害怕。

遲疑只有一瞬間，而阿茂已經發覺。

他手搭在我肩膀上，安慰著說：「沒關係沒關係，我了解。」

「對不起……」我說，「我不能進去，我怕我會……嗯，我害怕。」

「害怕也沒什麼丟臉的，」阿茂說，「我也怕。之前幾天我都有來看她，每次要打開冰櫃，都會天人交戰一番。我總以爲這次打開冰櫃，也許會發現她並沒有死，一切都是謊言，是假的，可是每次打開來，只是讓我更清楚知道，很多事情已經不能挽回。」他輕輕地嘆氣。「還好火化的時間排定得早，我不知道自己還能再熬多久，希望趕快結束這一切，我很累了。」

阿茂把小妹妹交給我，帶著橘頭往後面走，我看著他們消失在鵝黃色的布幔後頭，不知道是難過還是放鬆地嘆了口氣。

我選了一個靈堂裡的藍色鐵椅坐下，位置靠近門，離小嫚的照片遠遠的。「坐阿姨腿上好不好？」我低聲哄小妹妹，她乖順地坐上來，暖暖的一個小孩，抱在懷裡，熱熱的……她的腦袋靠著我的胸口，呼吸平穩，不一會兒就睡著了。

我感覺小女孩的呼吸、她暖暖的溫度、偶爾移動位置，這些都是活著的證明，小嫚已經沒有了的。

我想起小嫚曾經言詞犀利地對周遭每一個人評論；我想起她和我曾經徹夜討論人生的課題，我們繞著校園散步，振振有詞地發表對生命對夢想的期待和渴望；我想起許多許多年前的故事，那時我還是個年輕害羞的女孩子，我喜歡過一個人，爲他哭爲他笑，相信這就是愛，也相信只要付出就有收穫。

那個時候我們多麼年輕哪！

我記得我和小嫚的爭吵，可是已經不記得說過了些什麼。許多記憶當時如何印象深刻，過去之後也就過去了、忘記了。

我甚至懷疑我們是否曾經爭吵過？

我想起阿茂，他曾經對我很好很好，可是到底是怎樣的好呢？我也記不起來了。心裡知道他的好，而我曾經辜負那樣的溫柔……然而現在想來並不覺得可惜，也許有些決定在做出的當下，就已經在負責，不需要等十年後再來懺悔！

我抱著小孩在鐵椅上坐著，輕輕拍撫，好讓她能睡得更熟一些。

這個小孩身上聯繫的是許多許多的回憶，我的、阿茂的、小嫚的，甚至是橘頭或是明亮學長的。

哎呀，學長，想到他的時候我還有點心悸。

這到底是怎麼回事呢？小嫚是不是也曾經有過相同的感覺？

「請問……妳是紀筱蕙嗎？」我正想著，有個人從旁邊過來，他問。

我抬頭，那人個子高高的，穿著整齊。

日光從廳堂門口照過來，打在他的背脊上，我有點看不清楚他的模樣，可心裡知道他是誰。

「是，我是紀筱蕙。」我說，「是明亮學長吧？請坐，我抱著小孩不方便起來。」

於是，繞了一個好大的圈圈，我們最後還是碰在一起。

而一切都兩樣了。

在我心目中的那個學長，十年來一直維持著他大學時代的青春顏色，午夜夢迴，我常常會想起他，想起他的微笑、想他的體貼、想我所賦予他美好的意義。我想我們會再見面，再一次面對面，於是，我有個傻念頭，想要盡力改變自己，我要變得更好、更出色，變得能夠匹配他。

我總是期待著、總是想著，我希望能改變已經發生的一切。

這是一個可笑的想法，十年後我終於懂了。看到學長的那一刻我就明白，有些事情已經改變了、不在了，留存的是殘餘的思慕。

曾經喜歡過、動心過、沒有得到過的事物，隨著時間過去，逐漸變成殘渣，漂浮在我的茶杯底下，以爲沒看見並不表示不存在，搖一搖，所有的故事都會浮出水面。

可是那浮渣般的泡沫影像，對我來說只能回味，不能觸碰。

「妳好嗎？」他問我，聲音溫柔得就像是夢一樣，我曾經想像過他用這樣的語氣與我交談——在許多年後。「好久不見了。」

「是好久不見，」我說，出乎意料地平靜，知覺之淡默，連我自己都驚訝了。「我很好，學長你呢？」

「我也很好。」他坐了下來，看了看睡在我胸口的小孩。「小嫚的女兒吧？」

常常想，也許有一天會再碰見他。

常常想，如果見面了該說什麼。

我會怎樣裝扮自己？我該怎樣得體地說話？我要怎樣動作、怎樣告訴他，這長時間以來，我沒有一天忘記他。

而事實上我是忘記了，在某些時候。

現在的我能跟他說些什麼呢？

現在的我，心裡還只有他嗎？

「看得出來？我以爲你會說是我的。」

學長搖搖頭。「不像啊，這孩子臉像小嫚，眼睛像阿茂。」他拿眼睛看我，像在觀察。「妳呢？」

「我？」

「有男朋友嗎？」他笑著問，閒適得就像在說今天天氣如何。

「沒有喔。」我說，拍拍小孩。「我在等你啊！」

我是說笑，口氣上很明白。看到學長的那一瞬間我就懂了，有些事情過去就不會回來，愛過了也要說結束，怎樣轟轟烈烈都不能持久到永遠。

更何況是從來沒有開始的故事！

好喜歡他，曾經。死去活來地折磨自己的知覺情緒，那些刻骨銘心、讓自己傷心流淚多少回的折騰，現在似乎都失去了意義。

我不明白，是不是時間過去，什麼都不重要了？

所有發生過的往事都不再具備意義，充其量只是一個過程？可有可無的過程？

我還記得以前那樣喜歡的學長啊，爲他哭爲他笑，爲他夜不成眠輾轉反側，爲他說的一句話暗自欣喜，爲了他的一個動作煩惱傷神……曾經那麼重要的一個人，對現在的我來說，竟然平淡得就像是白開水一樣？

見到阿茂的時候，我多少有點心驚，爲了他的憔悴。

見到學長的時候，我已經心如止水。

學長變了很多，我知道，我們永遠不能維持在十九歲那一年的青春，然而無論他怎麼變，我總相信自己不會改變心意。

我喜歡他、很在乎他，把他當成是生命中絕對重要的一個存在。

那些在乎呢？那些決心、那些愛呢？爲什麼不見了？

我想，有些事情好像就是這樣，過去之後還想要抓住什麼，就像把五指開開的手放在水裡撈取月亮一樣，除了附掛在指間的水珠淋淋，剩下的，就什麼都沒有。

決心並不能抓住什麼。

人生就像是一條路，我們總是拚命向前走，就算再怎麼不願意，也得往前走，不能停。有時候摔倒了，哭得很傷心，卻不能停止腳步；有時候我們碰到了美好的事情，想要多停留一下、多看看，卻也不能阻止自己前進。

於是，哭著笑著，走著走著就走過了一生。

回頭看看之前走過的路，還能找到什麼嗎？還能歷歷指出自己在哪裡跌倒過、在哪裡微笑過？還能清楚記得在哪裡遭遇了美好的人、在哪裡和他哭著分別？

感動是瞬間的，快樂也是片刻就過去，哭或笑或喜悅或傷心都是短暫的，什麼都沒有留下來。

我們都是那樣孤獨地在旅行人生啊！

「是嗎？妳在等我。」明亮學長看著靈堂上掛的大照片。「小嫚也說要等我，我則在等欣宜，我們都在等待啊，傻傻地等來等去，花了很多很多的時間，卻總是等不到對方。人生就像是一個大圓圈，轉來轉去，終究會轉到一處去，可是現在呢？」

花團錦簇的靈堂中央，小嫚笑得那樣開朗美好，宛如一朵正在盛開的花。

「她現在在等我們。」我說，「人生的確是一個大圓圈，我們總有一天會去她那裡，到時候就可以再碰面。」

「……」

「我現在想想，總覺得，在這個世界上，有些事情也許早就安排好了，什麼時候該做什麼事情，什麼時候人該笑該哭、該高興該生氣、該走該留，都是安排妥當、絲毫不亂的。」小孩在我懷中睡得安穩，我有一下沒一下地輕拍。「小嫚走完了她的路，她現在去那個世界等我們了，對我們來說長長的一生，也許相對於她而言，只是眨眼的瞬間。」

明亮學長沒有說話，像從前那樣，他偶爾會沉默，突然地沉默。

那個時候，每當他沉默了，我總會不自覺地緊張。

因爲倘若他不開口說話，我永遠不知道他在想些什麼，而我害怕那樣的不知道，那是一個屏障，阻隔了我和他的連結。

不明白他到底是生氣還是不生氣，他的情緒牽動我的心緒，我總希望能讓他高高興興，我總是想盡辦法迎合他的歡喜。

害怕、憂愁、煩惱，都爲了他的情緒起伏而起伏。

但是現在，當他沉默的時候，我卻覺得很坦然。

我說了自己想要說的話，並不在乎他是不是覺得不舒服。

感覺到這樣的變化，我不知道該說是高興還是傷悲，於是我們終於回歸原點，一切抹去，這個世界上再沒有一個人對我如此重要，再沒有一個人能牽引我的心、牽動我的思緒。

於是我成爲寂寞。

空氣凝結，停滯片刻。明亮學長開口：「妳說得對，這世界就是這樣，我們追來追去想要得到手的，對小嫚來說也許已經不值得、不必在意了。」他轉過身來問我，「嘿，這就是人生嗎？」

我不知道。我不知道的事情太多了，終其一生，也許都將在不知道中打轉吧！

可是這個世界上，有什麼事情是一定要找出個水落石出的呢？

「我對小嫚有虧欠，就像對妳一樣。」學長落寞地說，「我對欣宜也有虧欠……我不知道自己這十年來到底在做什麼，可是從那年、那一天、那個晚上之後，人生就不同了。」

「哪裡不同？」

「妳走的時候那麼傷心，我常常想起妳那天晚上離開的神色，又倔強又憤怒，還有絕望……我很抱歉，對妳抱歉、對小嫚抱歉，卻只能不斷地自責，我沒有辦法在妳們兩個人之間選擇一個，好像是我錯了？我不懂妳的心情，就像我從來不曾懂得欣宜。我一次傷了三個人，不，也許是四個人，我、妳、小嫚和欣宜。」

「怎麼會離婚了？」我慢吞吞地問。並不是八卦，也不是打探，就是詢問。

「欣宜啊，後來我們眞的在一起了。我總以爲只要我們在一起，就會很快樂很滿足，因爲我那樣愛她，爲了她可以付出一切，我珍惜她！」他說，長長地吐氣。「但後來我明白一件事，有些人是這樣的，你喜歡她，但她不喜歡你，勉強湊在一起，最後只會互相傷害。」

「所以才分開？」

「我說我們分手吧，這樣下去，妳永遠不會快樂。她是屬於別人的，不可能被我抓著不放，我愛她她知道，可是她那樣不想要被愛、被我愛……眞是莫名其妙，妳和小嫚當初同樣地用心對我，我雖然知道，但不想被套住、不想做抉擇，而現在呢？這大概是報應吧？」

「這並不是報應啊。」我說，「學長，我們都選擇了自己該走的路。」

我該說什麼？學長，人生是自己選擇的，有那麼多叉路，我們各自抉擇了所謂「最好的方向」前進，所以不要再說誰欠誰、誰對不起誰吧！

「那現在……妳還恨我嗎？」過了好久，我聽見他輕聲地問，「還恨我嗎？」

我一陣漠然。

愛和恨，都是記憶的一種方式。

爲了要永遠記得對方，所以我們選擇了不同的感情付出，都只是爲了要謹記對方的存在，爲了要證明自己還有活著的必要。

我看著小嫚的照片發怔，這一切都是我們當初所要的、所祈求得到的嗎？

「不，我不恨你，也不恨任何人，包括這個世界。」我想了想，摟緊文秀。「我只是太愛了，可是，又愛得不完全，所以只能說自己在恨、在討厭、在排斥，但事實上，我是愛得過頭了。」轉頭瞥向學長。「學長，我曾經很喜歡很喜歡你，你知道嗎？」

「知道。」

「我也喜歡小嫚、阿茂……」低頭看看小孩，她睡得香甜，渾然不覺自己處在何地。「我喜歡大家，每一個人，包括我自己。可是，我那時候實在太年輕、太傻了，我不知道該怎麼坦率地去愛人，把自己的愛當成武器和藉口，當成攻擊的方式，傷了別人也傷了自己。」

「……每個人都一樣。」

「有多深的愛就會有多深的恨，但恨其實也不是眞的恨，如果不在乎一個人，那又怎麼能去恨一個人呢？這十年來，我很寂寞。」我低聲說，「很想念你們，卻只能不停懷念過去。我太傻了！」

傻的何只是我而已，小嫚也傻，學長和阿茂也都不聰明。

我們花十年時間，學一個生命的教訓，也許這代價實在太過昂貴了。

我看見橘頭和阿茂一前一後從布幔那端走出來。

橘頭走向我，遞過紙巾。這時我才發現自己在流淚，淚水順著臉頰滑落，滴在小孩睡沉的面龐上。

這是奇妙的瞬間，生與死之間交替，新舊轉換。阿茂伸手接抱過小孩，她睜開眼睛看了看又閉上了，在爸爸溫暖的懷抱裡，也許什麼事情都不用想吧。

明亮學長站了起來，圍著阿茂和小孩在說些什麼。

我往外頭看看，靈堂外，人群開始聚集，有點吵雜、有些不安的躁動。我明白，這一切就要開始，也就要結束了。

喪禮之後便是火葬，整個儀式進行得很平靜，偶爾有一些哭聲響起，橘頭靜靜地坐在我旁邊的位置，一語不發。

「妳看到小嫚了嗎？」我問她。

「看到了。」

「怎樣？」

「什麼怎樣？」

「她現在看起來怎樣？」我問。

橘頭微微偏過頭來瞧我，神色很冷，像是我問了一個非常愚蠢的問題。「妳問這個做什麼？」

「沒有，只是我沒勇氣去看她，有點抱歉。」

「不看也好，」她簡簡單單地回答，「妳只要記得她這張照片裡的模樣就夠了。」

我沒再問。

有些事情，問到底並沒有好處。

「我剛剛看見妳跟學長在說話，」橘頭反問我。「你們談什麼？」

「談這亂七八糟的人生。」

「嗯，妳不趁此機會正好說說心裡話？」

「現在說的都是心裡話，沒什麼好趁不趁機會的。」我說。「我對他，已經沒有感覺了。」

橘頭眉頭向上一挑，不知道是疑惑還是驚訝。「眞的？」

「嗯。」

「爲什麼？」

「不知道。」我平靜安適地回答。「已經沒感覺了，就是這樣。」

感覺到底是什麼東西？我再也不能回到那個時候了，苦澀和歡喜交織的瞬間，已經不會再回來了。想到學長不會再讓我心口停跳半拍，看見他也不會再讓我結結巴巴說不出話來……我已經不再對他有感覺。

我不愛他了。

曾經很愛的，那樣深的愛讓我到最後選擇了恨，可是現在這樣的愛也同時退減了，丁點不存。

不爲了他結婚、不爲他喜歡學姊，這些都不是原因。

眞正的原因到底在哪裡，只怕我也說不明白。

心中還存有悸動，看到他的瞬間，我覺得自己恍然回到過去，那個美好的年代、眞誠純摯的感情……我有幾秒鐘的時間以爲自己還愛他，他對我曾經那麼重要、非比尋常。

然而幾秒鐘過去，回憶消退，現實浮上枱面，我清楚地感覺到自己的情緒怎樣平靜無波、怎樣沉穩、怎樣不爲所動。

是不是時間過去，什麼都不見了？人也好，物也好，感情也好，再深刻存在的東西都會被抹平，只剩下僅存的記憶，淡淡的，似有若無，也許甩個頭就會忘掉，轉個身就消失了。

「我不知道爲什麼會這樣，想想這段時間以來的一切，學長已經跟我沒交集了，我早已經脫離他、脫離那段歲月，他對我來說就像是一個夢，好美好美的夢，我好想留在夢境裡永遠不要出來，可是還是得出來的，對吧？每個人都得離開自己的美夢，回到現實。過了這麼久的現實人生，再看見以前的那個美夢，我只覺得奇怪，好像不那麼美了。那些讓我心動的情愫都到哪裡去了呢？我不愛他了呀！」我問，「是我變冷漠了？」

「不，妳只是又長大一點了，等妳再長大就會發現，所有不值得愛的，都是最愛的。」橘頭擅長說一些頗富哲理的話，「而所有妳以爲愛得很深的，其實都跟不愛一樣。」

「聽不懂。」

「慢慢就會懂了。」

司儀重複的發號施令在我的煩惱中間斷出現，飄忽得很厲害。「喂，我有種空虛又混亂的感覺。」

「眞相就像是一場龍捲風，把每個人都吹得暈頭轉向、頭昏腦脹，等風過了，妳就有機會能好好想想。」橘頭的聲音出奇溫柔，有點像是小時候母親拉著我的手說話的語調。

「混亂也是讓我們找到自己的一種方法。」

「我搞不清楚。剛剛，就在剛剛而已，當我跟學長說話的時候，我才明白自己以前有多喜歡他、多喜歡小嫚還有你們。你們對我來說好重要，是我生命中的一部分，是最好的也是最美的……我不想失去你們。可是，昔日我最喜歡的，現在卻成了過眼雲煙。我搞不清楚自己到底是怎麼回事了！」

「很簡單，我們的生命這麼長，每一個階段都有對自己而言最重要的事物。十九歲時對妳來說最重要的事情，未必在二十九歲時能給予妳同樣的安慰。這就是人生。」

「我以爲自己已經夠成熟了。」

「永遠都不。」

的。」

「……」

「永遠都不，我們永遠都不夠成熟、聰明懂事。所以人生對我們來說，永遠是未知的。」

「所以一直跌倒碰撞、哭哭啼啼嗎？」

「嗯。」

「那又是爲了學什麼呢？」

「學不滿足吧！於是永遠在追求、渴望，需要愛、被關懷、疼惜和眷顧……想要得到的太多，又害怕失去。永遠不滿足，永遠永遠，永遠都不會滿足。」

儀式結束後，推著棺木，我們送小嫚到火葬場。

等待的空檔，我藉口取東西離開，走到停車場，打開車門，一個人鑽進駕駛座，發動引擎打開冷氣，卻哪裡都不想去。

橘頭說的話在我腦海中重複迴旋。

我想起那個夢，碧海藍天一望無際的夢，飄渺的夢境。

我想起學長。

想起我那件心愛的、水藍色的鯨魚印花襯衫……

不知道爲什麼我會想起這些？

我脫下高跟鞋，把腳盤到座位上，像水母似的，把自己縮成一團。冷氣有點涼，不，應該是太冷了。

閉著眼睛，我一直想起小嫚的笑臉，揮之不去。

想到她，我突然覺得好傷心。

是眞的傷心，非常難過，不爲了其他。

我明白自己失去了什麼！

永遠不會再回來了，我的過去。

「人不滿足，是因爲不能回到過去了。」自言自語的，我說。聲音輕飄飄地迴盪在車內，一圈又一圈，隨著冷氣的散溢而散溢。

美好不會永久，悲傷隨時而至。

也許是因爲如此，所以我們總在回憶。

「叩叩！」有人輕敲我的車窗。

我把腦袋從手臂中抬起來，看見學長傾身站在副駕駛座的那一邊，對我笑了笑。

「學長？」我有點驚訝，把車門打開。

「能坐進來？」他問。

「當然，你請坐啊！」我把腳放下，穿好鞋子。「怎麼知道我在這裡？」

「抱歉我跟蹤妳。」他笑著說，那笑容溫厚。「我看妳表情有點不對勁，所以就跟出來了。這不是個好過的場合，對吧？」

「我不習慣和朋友說再見，尤其是像這種……永遠的別離。」我說。「至少今生今世都見不到面了。」抽出面紙擦了擦眼睛，我把紙巾揉成一團，緊握在手心。「心情眞的很複雜啊！」

「……」

提振一下精神，我轉頭對他微笑。「學長，我一直希望有一天能跟你這樣坐著，聊聊、談談，這是我以前夢想的願望喔！」

「是嗎？」他有點尷尬。

「我現在明白了，夢想不見得是不能實現的，只是會用怎樣的方法去實現，我們不能控制而已。這十年來，我慢慢完成了自己的夢想，一點一點的，在最不可能、最莫名其妙的轉彎中找到自己的方向。我覺得自己很幸運、非常幸福。」我拍拍胸口。「剛剛跟橘頭說起來的時候，覺得好吃驚、好不可思議，我一直把你當成是夢想，能抓住你、和你在一起是我十九歲時的美夢。」

「現在呢？」

「現在嘛……」我慢慢地笑了，手攤開來。「無論如何，我覺得，終究是給自己一個交代了。學長你已經不是我的美夢了，可是看到你，我還是覺得很高興很開心，至少我知道現在的自己需要什麼，而且我也懂，有些人有些事情，屬於自己與不屬於自己的，其實都同樣美好。」

他微笑不語。

「我一直想錯了，以為只要有你在我身邊，這個世界就會很好，以為只要能跟學長你在一起，今生就別無遺憾了……唉，我眞是太傻了！」

「每個人都有這麼單純的時候啊。」

「你們總是跟我道歉，你、阿茂，甚至小嫚，但其實你們並沒有錯，我也沒有錯。我總覺得一件事情發生，必然有個人是罪魁禍首，可是現在我懂了，我是我，你是你，我們都為了愛同樣受罪、不快樂，我們都受傷了。為了自己的愛情付出、無怨無悔，因為這樣努力的付出，所以不該說誰錯了。」

學長靠著椅背，伸展雙腳。

「我常常懷念以前的日子，那是因為十九歲的年紀太美好。學長，你在我生命中有很重要的位置，曾經，我好喜歡你啊！」

「嗯。」

「我希望自己也在某個人心中佔有那樣重要的地位，不一定是現在，只要曾經就夠了。希望某個人想到我的時候，會有一種和我現在相同的感覺，淡淡的、甜甜的，我希望有個人能這樣溫柔地記得我，終他一生。」我坦白地說，「我們都不知道自己以後會怎樣。學長，也許你會碰到另外一個適合你的學姊，眞正適合你的！那麼，就不要在乎自己以前付出過多少，因爲無論你付出給欣宜學姊多少愛，那些愛都是付出給你自己的。」

「……」

「有一天，我們一定會遇到最適合自己的那個人。」我說。

遠遠的，火葬場上長煙囪裡飄散濃煙。

我模糊的眼中彷彿看見小嫚坐在屋頂上，她笑起來的樣子和照片裡完全不同，非常的天眞活潑、自信驕傲，她光華燦爛的明媚眼神、令我多年來一直艷羨不已的外放才華，活靈活現地出現在我眼前，就像是許多許多年前那樣，我記憶裡永遠的模樣、不會忘記的模樣！

我沒問小嫚是不是找到了自己最適合的那個人。

但這個問題其實可以不用問了。

重要的是我們以後該怎麼辦？

儀式結束之後我們又要分開了，也許下一次見面，又是送誰到此地也說不定。

「嘿！」明亮學長轉身，用手摸摸我的頭。「筱蕙，妳長大了。」

我很無奈地笑。「當然，我都快三十了，是半個老婆婆啦！」

學長笑起來，他的眼神還是那樣溫柔，看著他的眼睛，我彷彿又回到從前那個吵吵鬧鬧、青春飛揚的時光。

「讓我吻妳一下吧！」學長說，「別想歪了喔，這只是個臨別禮物！」

「那我也回送你一個好了，我可是不吃虧的。」說著，我就先吻上他。

許多年後我還會想起那個吻，許多許多年之後……我想我這一生只要記起明亮學長，心底總會泛起那股說不出的，柔軟而輕淺、有點甜蜜又彷彿帶著點心酸的滋味……

那感覺該怎麼說呢？該怎麼解釋呢？

每次想起來，不知道爲什麼，我總會記起大學時代的朦朧光景，蔚藍無盡的晴空、溫暖而明亮的陽光映照在白磁磚的建築物上，倒映天光百種顏色。而我站在長長的走廊這端，伸長頸子，遠遠地窺望著遠方的教室。

柔軟而輕拂的風吹啊吹，綠融融的山從這一頭綿延到遠方，天空是藍色的，澄澈到近乎奢侈的藍，淡得就像是沾了水的薄薄顏料，卻又濃得化不開。

我在這裡等待著、望著、想念著。

所有的美好都是那樣短暫而又永恆，哭的時候想起來就會笑了，悲傷的時候眷戀起來，痛苦也不是苦了。

那也許就是全部的我了吧！

火葬後，我們送小嫚到她最後一個棲身的家。

那是坐落在高地的一座靈骨塔，從大門口向外眺望，可以隱約看見遠方有一隙藍海和漠漠落落的雜林。

有些清幽、有點寂寥的地方。

橘頭說這裡太過於安靜了。

「安靜才好，是永遠休息之處嘛！」卉琴在旁邊接口。「以後我也希望能找一個像這樣的地方，多愜意啊，每天早上醒來聽聽風的聲音、看看山的顏色，有興致就去海邊散散步。」

我笑了笑，覺得老同學還是一如既往那樣開朗沒心機。

可是誰也不知道死亡之後的世界如何，肉體化爲灰燼，人的魂魄還會跟著這殘餘的渣滓停留在世界上嗎？還看得到外在景緻的美好、感受得到親人懇切的思念嗎？

阿茂把沉重的大理石骨灰壇放進小小的格架時，他面無表情的臉上突然出現一種我難以解釋的神氣。

彷彿如釋重負，又彷彿是牽掛不捨，混雜著迷惘與不安，他似乎還在確認著什麼。

一直站在身旁的小妹妹突然高聲喊了起來。「媽媽！」她踮起腳尖，指著骨灰罈上的照片，興高采烈地回頭看看我們。「是媽媽喔，這是媽媽！」

一瞬間，阿茂突然雙手捂住臉，全身顫抖起來，我只看見他背脊一波一波地抖動。

「阿茂！」明亮學長從後面走上來，用力拍他的肩膀。

那一刻我再度流淚。

覺得人生好傻，每個人都傻，環顧四周這些男男女女，哪個不是傻而執著地在過自己的人生？走完這條路，就走進這小小的格架，還沒走完的，就站在外面等待……
小嫚說過的，從前的人不隨便說再見，因為鄭重的道別，也許就代表著從今而後不可能再見了。
那麼現在，我們是真正說別離了！
大家魚貫退出塔外，站在入口處的台階上，我看見夕陽光芒四射的映照，滑過林野和山丘、滑過白色塔頂和長長的石階。
橘頭突然說話：「等我回日本，要結婚。」
我吃驚地望向她。「什麼？」
「我說，等我回去之後，要結婚。」她說得果決而俐落。
「妳不是有婚姻恐懼症？每次對方提出結婚，妳就推三阻四，這個決定是什麼時候定下的？」我問。「妳已經猶豫了太久啦！」
「是啊，都那麼久了。」她低頭玩著自己的指甲。「這十年來真像是一場夢，我總是說自己多麼害怕，卻又說不出自己真正害怕的是什麼。最美好的事物放在我眼前，卻因為不安害怕所以逃得遠遠的，這算什麼呢？看小嫚走完這一生，好短暫啊！她還不到三十歲呢，一輩子就結束了。我總以為自己還有足夠的時間去思考去煩惱，去猶豫不決去拖延……總會有一個結果的吧？我老是這樣告訴自己，別擔心，慢慢來！可是現在問問自己，如果我明天就走了，那麼最遺憾的是什麼呢？一定是沒能跟他在一起吧！」

她嘆了口氣，用下定決心的語氣說：「如果這件事如此重要，那麼一點點害怕又算得了什麼呢？我怎麼可以找藉口繼續推託搪塞、偽裝無所謂？」

「那妳的婚姻恐懼症該怎麼辦？」

「克服啊。」她對我笑了笑。「我總不能怕一輩子吧？」

夕陽倏乎，濃艷而華麗的光芒萬丈在莫名中消失了蹤影，灰暗襲來，夜幕落下。

我看著光影逐漸從石階、從白色塔頂、從山林綠蔭間褪去，知道一天又過去了。有些人停下了腳步，不再向前，而我們的人生還在繼續，並不回頭。

我送橘頭到機場，她還是穿得那樣簡簡單單，一如以往。

可是我知道，下次看到她的時候，一定又會有不一樣的感覺出現。

我們都在改變，每一刻。

「應該要跟妳好好坐下來吃頓飯，聊一整個下午或晚上的。」送檢過行李，我們在海關門外的長沙發上坐下來，閒閒地說話。「可是好像總是忙來忙去……」

「說得好！下次我去看妳。」我搶著說，「妳一定要邀我去妳家，下一次，我會帶很多禮物去看妳，看妳和妳的先生、小孩。妳一定要約我去，不可以忘記！」

橘頭笑了，她笑得極爽朗，這是幾天來我看見她第一次發自內心的愉悅笑容。「好啊，到時候妳得帶很多很多的禮物來，我會準備客房給妳住。」

「妳的客房得要有白色的床單、白色的窗簾、粉紅色的地毯和蜂蜜香皂。」

「多挑剔啊！」橘頭大笑。「妳這傢伙！」

「不管怎樣，妳一定要邀我去。」我再次要求。「這是約定。」

「好，等我婚後就邀妳來住幾天。」她對我眨眨眼睛。「妳等著，這個諾言我一定會實現。」

我想了很久，慢吞吞地說：「橘頭，妳還記得嗎？很多年以前，我們還是學生的時候，妳曾經說過，書店裡到處都是愛情小說，甜蜜的故事、溫暖的結局，好像大家永遠都看不膩，會這樣，是因爲這個世界現實的冷酷太多、悲傷太多、眼淚也太多了，所以人們只好在文字塑造的故事裡寄託夢想。」

橘頭想了想，搖搖頭。「有點不記得了。」

她不好意思地笑起來。

「沒關係，我記得。這段時間以來，我一直在想，如果人生是一個故事，那麼我們這些朋友、這十年的漫長時光化作文字，會寫出怎樣的劇情？怎樣的結局？」我阻止橘頭的插嘴，急急地說話，「等等，妳聽我說！這幾天我總想著，認爲整個過程像是一場悲劇。妳也看到了，十年後的結局是小嫚死了，我、學長、阿茂三個人都找不到歸宿，好慘、好倒楣，沒一個人有好結果……喂，妳先別笑！」

我喘口氣又繼續。「我眞的覺得，我們幾個好像是一場悲情大戲裡的角色，每個人都哭得眼淚流不乾，每個人都有滿心的悲哀傷痛，苦水吐不完。」

「妳說得對，我們的確倒楣。」橘頭附和著。

「不過，現在我不這樣想了。」

「喔？」

「我一直想，如果一本書有三百頁，讀到一半的時候，我就宣稱這個故事是場大悲劇，不必再繼續看下去，那麼對我來說，這本書永遠是一個悲劇。」

我誠實地說：「然而如果我堅持讀下去，誰知道以後會是怎樣的結局？沒看完這本書之前，誰也不能說這個故事是喜劇或悲劇，沒有過完這場人生之前，我們都不可以承認自己是不是失敗。」

橘頭勾起嘴角笑了。「妳可真不認輸！」她語氣輕柔。

「妳知道我怎麼想嗎？我說這只是一個章節、一個段落，每個小說裡都有許多出場的人物，有的人早早站上台來，有的人早早退下台去，那又如何？這只是一本小說，而現實情節繼續上演。我如果不堅持走下去，永遠不知道自己的這個故事會是個怎樣的結局。」

「妳想要看結局嗎？」

「當然，我一定要看到結局。人生跟小說、戲劇很像，有時候會出現八點檔的肥皂淚水，有的時候也會出現罐頭笑聲。我只是在這裡哭了一場，以後還有機會笑的。」我有些激動地說著，感覺有種情緒一直沸騰著從心口上冒出來！「我不能老是替自己惋惜，不能永遠停留在這一刻，我得再走下去，因爲之後的故事還沒看完！」

「以後也許還會再碰到傷心的事情，還會再淌流不乾的淚水喔，」橘頭警告，「妳可要有心理準備！」

「當然，如果碰到的話，大不了就哭一場吧。高興的時候快樂地笑，傷心的時候痛快地哭，如果不這樣大起大落，我一定不會感覺到滿足。」

「……」

「妳知道我怎麼想嗎？我要盡情過我的人生。如果下一分鐘就得離開這世界，我也不要讓這一分鐘有後悔。」我盯著她，「我們的人生太短暫了，不能夠浪費點滴生命在無所謂的後悔上頭。」

「……」

「所以妳現在去做妳該做的事情，而我也要去做我該做的事情。」我拍拍她，「我實在不會說教……總之，妳一定要堅強勇敢，因爲我們約好了下次碰面，到時候我要聽妳說妳的冒險，而我也會說說我的。這也是約定，不要忘記！」

橘頭對我揚了揚眉，這熟悉的動作，許多年前我曾經看過。

看到她那樣的神情，我心頭暖暖的。

「人生很短暫，我們都不要再猶豫了！」我說，而橘頭擁住我。

橘頭的長髮飄飄，像絲緞那樣柔軟，擁抱她時，我可以感覺到她呼吸的起伏、身體溫暖的溫度，這些都是小嫚沒有了的活著的特質，所以還活著的我們應該珍惜。

「要勇敢，一定要勇敢。」我哽咽著抱緊她，用力得很，彷彿這樣做就能給予橘頭我的勇氣。「我們都要勇敢！」

她離去時，在玻璃牆的那一頭猛揮手，而我站在這一端報以微笑。

我們都沒有說再見。

因爲終究會再見面，有一天。

對小嫚或對學長、對阿茂、對我、對橘頭來說，我們的故事還好長好長，這裡不過是個段落而已。

而人生的故事是不能用悲劇或喜劇來斷定，也不是老天爺決定的。如果我可以在這一刻微笑，那麼這個段落對我來說就是美好的；如果我要在下一秒鐘哭泣，那麼這篇章節對我的意義，也許就是充滿哀傷的了。

那麼，我願意用笑容來替段落下標點。

因爲這是屬於我的故事。

※

半年之後，我又再回到安放小嫚的靈骨塔探望她。

沒有別人跟著，我獨自前往。一個管理員把我領到放置小嫚骨灰的架前，打開小小的隔間。

他走開之後，我仔細端詳小嫚的骨灰罈，看著那沉重容器上的微笑照片。

「滿想念妳的，很抱歉上次……我沒去看妳最後一面。」我對她說話，「那個時候，其實我並不是因爲害怕而不去看妳，而是我不願意，不願意看妳而已。」

我嘆了一口氣，「我還不能接受妳已經走掉了的事實。可是在這個世界上，我們不能接受的事情太多了，所以，請原諒我一時的懦弱和膽怯。」

照片上的小嫚笑得那樣溫柔燦爛，我想像著她眼中所看見的世界，是否也是這樣美麗？

「橘頭在日本結婚了，她打電話來，叫我趕快去當她的伴娘。我明天就要啓程去日本，而今天早上，我的辭呈生效，離開待了七年的公司。

「我決定在這裡，替自己的故事畫上一個句點，短暫的句點。然後，去寫下一個段落，我要離開台灣了……

「我接受了另外一間公司的挖角，打算到上海發展。那是一個新戰場、完全陌生的土地。我有點害怕，可是不猶豫……我要去！

「我沒有後悔，永遠不會讓自己後悔。每一段人生都要盡興地過完，我相信妳也盡興過完妳的人生了。

「……沒有再跟學長聯絡了，他對我來說已經是過去。我們回頭看看已經翻過的故事，心裡總是多少有些感慨吧？我對他只有感謝，對妳也是……是喜悅的感謝，想起來的時候總覺得溫暖。很謝謝你們陪我走了漫長的一段路，雖然我們沒有一起走完全程，可是很值得，我很高興，會永遠記得，不忘記。

「這次看妳，不知道下次再來是什麼時候了……我等等要去看海，就在過去一點的地方，相信妳一定已經去過許多回了吧？我走了，這次跟妳說再見，也是跟過去說再見。」

關上那狹小的門扉，退出塔外。我開車前往海邊。

車子停在海岸邊的高地上，冬末的午後天氣很好、不陰沉，陽光帶著淡淡的溫暖，海風有點冷，穿著外套，我站在海邊，可以感覺到冷空氣襲來，又可以感覺到頭頂日光的溫度。

眞奇妙，兩種截然不同的感覺。

海面很平靜，那片藍深刻綿延，一直遠遠地接到天的那一頭去。我站在車外看了許久，受不了冷風吹襲，只得鑽進車裡去。

遠遠的海上有一點一點的黑影，大概是漁船吧。陽光落在海面上，流光像鱗片似地閃閃發亮，留下深深淺淺的藍色印子。

天空的顏色也是藍藍的，淺淡淺淡的青藍，澄淨無瑕，彷佛是生命中所有落落寞寞的美好柔軟。而海面的顏色水藍，那樣深那樣濃郁，藍得彷佛是我心中最底層最底層的寂寞。天與海，美好與寂寞，說不出是誰好看。

我坐在駕駛座上，看著這景緻久久，心情複雜糾結，離愁和懷念交織成一片。

閉起眼睛又張開，讓這海天際闊的顏色一瞬間全部湧進眼中、銘記在心底，永遠不忘記。

這接近透明的藍，澄澈彷彿鏡子般映照我的過去，又投影我的將來。

再次發動引擎時，我已經決定不再回頭去看這海洋、天空、過往的美景和曾經的傷心，那些都已經是過去了，而這一刻我覺得很滿足、非常感激。

因爲這些過去，所以今天的我如此存在。

這就是人生。

搖下窗戶，風呼嘯吹進車內，吹得我頭髮雜亂飛舞。

離開海濱，遠方城市的綿密燈火在前方明明滅滅地閃爍，愈來愈接近。

我在夜色中微笑起來。

【全文完】

國家圖書館出版品預行編目資料

藍色／霜子著. ——初版. ——臺北市：商周出版：家庭傳媒城邦分公司發行, 2009.04（民98）
面：　公分. －（網路小說；128）
ISBN 978-986-6472-36-7（平裝）

857.7　　　98003315

藍色

作　　者／霜子
企畫選書人／楊如玉
責任編輯／楊如玉

版　　權／翁靜如
行銷業務／賴曉玲、蘇魯屏
總 經 理／彭之琬
發 行 人／何飛鵬
法律顧問／台英國際商務法律事務所　羅明通律師
出　　版／商周出版
台北市 104 民生東路二段 141 號 9 樓
電話：(02) 25007008　傳真：(02) 25007759
E-mail：bwp.service@cite.com.tw
發　　行／英屬蓋曼群島商家庭傳媒股份有限公司城邦分公司
台北市中山區 104 民生東路二段 141 號 2 樓
書虫客服服務專線：(02) 25007718、(02) 25007719
服務時間：週一至週五上午09:30-12:00；下午13:30-17:00
24 小時傳真專線：(02) 25001990、(02) 25001991
劃撥帳號：19863813；戶名：書虫股份有限公司
讀者服務信箱：service@readingclub.com.tw
城邦讀書花園：www.cite.com.tw
香港發行所／城邦（香港）出版集團有限公司
香港灣仔駱克道193號東超商業中心1樓
E-mail：hkcite@biznetvigator.com
電話：(852)25086231　傳真：(852) 25789337
馬新發行所／城邦（馬新）出版集團【Cité (M) Sdn. Bhd. (458372U)】
11, Jalan 30D/146, Desa Tasik, Sungai Besi,
57000 Kuala Lumpur, Malaysia.
電話：(603)90563833　傳真：(603)90562833

封面設計／黃聖文
版型設計／小題大作
排　　版／新鑫電腦排版工作室
印　　刷／鴻霖印刷傳媒股份有限公司
總 經 銷／聯合發行股份有限公司
電話：(02)29178022　傳真：(02)29156275

■ 2009 年 03 月 31 日初版　　Printed in Taiwan

定價200元

 ISBN 978-986-6472-36-7

城邦讀書花園
www.cite.com.tw

商周出版

廣　告　回　函
北區郵政管理登記證
台北廣字第 000791 號
郵資已付，免貼郵票

104 台北市民生東路二段 141 號 2 樓

英屬蓋曼群島商家庭傳媒股份有限公司　城邦分公司

請沿虛線對摺，謝謝！

商周出版

書號： BX4128	書名： 藍色	編碼：

請於此處用膠水黏貼

讀者回函卡

謝謝您購買我們出版的書籍！請費心填寫此回函卡，我們將不定期寄上城邦集團最新的出版訊息。

姓名：＿＿＿＿＿＿＿＿＿＿＿＿＿＿＿＿

性別：□男　□女

生日：西元＿＿＿＿＿＿年＿＿＿＿＿＿月＿＿＿＿＿＿日

地址：＿＿＿＿＿＿＿＿＿＿＿＿＿＿＿＿

聯絡電話：＿＿＿＿＿＿＿＿　傳真：＿＿＿＿＿＿＿＿

E-mail：＿＿＿＿＿＿＿＿＿＿＿＿＿＿＿＿

職業：□1.學生 □2.軍公教 □3.服務 □4.金融 □5.製造 □6.資訊
□7.傳播 □8.自由業 □9.農漁牧 □10.家管 □11.退休
□12.其他＿＿＿＿＿＿＿＿

您從何種方式得知本書消息?

□1.書店□2.網路□3.報紙□4.雜誌□5.廣播 □6.電視 □7.親友推薦
□8.其他＿＿＿＿＿＿＿＿

您通常以何種方式購書?

□1.書店□2.網路□3.傳真訂購□4.郵局劃撥 □5.其他＿＿＿＿

您喜歡閱讀哪些類別的書籍?

□1.財經商業□2.自然科學 □3.歷史□4.法律□5.文學□6.休閒旅遊
□7.小說□8.人物傳記□9.生活、勵志□10.其他＿＿＿＿

對我們的建議：

＿＿＿＿＿＿＿＿＿＿＿＿＿＿＿＿

＿＿＿＿＿＿＿＿＿＿＿＿＿＿＿＿

＿＿＿＿＿＿＿＿＿＿＿＿＿＿＿＿

＿＿＿＿＿＿＿＿＿＿＿＿＿＿＿＿

請於此處用膠水黏貼